唐君毅全集卷三之四

人生隨筆

臺灣學生書局印行

目　錄

人生隨筆

人生隨筆

本書收未經作者結集之同類文字八篇，書名爲編者加。其中「人學」、「哲學斷片」二篇，爲學生聽講之筆記，發表時作者未及過目；「人學講會札記」、「母喪雜記」、「目疾中札記及其它」三篇則據作者遺下之筆記、日記鈔錄而成。各篇內容如有不妥處，由編者負責。

嘉陵江畔的哀歌（註）

少年滾滾的熱血在我心中沸騰。
少年熊熊的希望，火般在我心中燒焚。
雖然過去的事曾使我失望呀——灰心，
我是不能永遠幽囚在偏僻的西陲，
我立志去追求我的前程。
在十四年一個暮春的下旬——
一個十六歲的小孩啊——離開了他親愛的
——重慶。

江中的波濤——渾渾——
江中的波濤——奔騰——

征輪不息的前進。
過了涪陵，出了夔門。
——青青的野艸——浩浩的滄波——漠漠的行雲。
——擴大了我的心境，開濶了我的胸襟。
我私心暗暗地想——
這廣大的眼界啊！也許是我前途的象徵。

江中的波濤——渾渾——
江中的波濤——奔騰——
征輪不息的前進
過了宜陵，到了漢江濱，
兩日的火車啊，
又送我到了北地的舊京。

不斷吼的北風，

蔽人目的飛塵，
死氣沉沉的陰雲，
彌漫大地的雪冰，
這嚴酷的氣候啊——
向身體脆弱的我攻侵
——我於是臥病。

自來的冷酷莫過於人情；
自來的虛僞莫過於人心。
當你強健時——別人因爲你可供利用，
似乎對你有無限的感情，
然而，「一朝臥病無相識」、「多病故人殊」，
人人便都成了路人！

病夫在社會沉淪，病夫受人欺凌。

雖然是在充滿了八十萬人的古城啊，
總覺我一個人在荒涼落寞的沙漠上踽踽地獨行。

社會對我冷酷，疾病越努力向我攻侵。
我獨在月下悲歌，
我獨在病榻哀吟，
自然，灰頹了！——我的壯志；
自然，灰頹了！——我的雄心。
我回想我當初的希望啊，
我涕淚縱橫——

酒不能痲醉我的苦悶。
詩不能發洩我的悲憤。
轆轆的 train 啊，
又把我推到秣陵

我滿心滿意想在那兒——開始我的新生。

當我初到秣陵，一切還安定。
忽然天旋地轉，無端成了政治的中心。
耳中只有礮彈的飛鳴，口號的呼聲；
眼中只有背皮帶的官，拿槍桿的兵；
身邊有混亂的人羣；
鼻邊有殺人的血腥。
擾亂的一切——只是震撼我心靈的重心。

脆弱的心靈，始終是脆弱的心靈；
過敏的神經，始終是過敏的神經。
我經不住複雜的印象，經不住——
複雜的印象紛紛——複雜的印象產生的聯想紛紛！
於是我的病越發的加增。

越發加增——我的病，
越發衰頹——我的精神。
我依然在社會下沉淪，
我依然受人踐踏與欺凌，
我想到我黑暗的將來，
我幾乎沒有勇氣在人生道中旅行，
——我祈禱死神的來臨！
——我祈禱我靈魂的離身！

幸而那兒有
玄武湖的紅蓼，
雞鳴寺的鐘聲，
秦淮的盈盈，
蔣阜的青青，
——使我流連，使我登臨。

荆棘縱橫的淸涼山，
殘碑斷碣的明陵，
——使我憑弔，使我沉吟
我於是在那兒消磨了一年半載的光陰。

然而，外來的刺激，不斷的加增，
內心的思慮更見的糾紛。
我始終不能在那安寧，
我是再不能不離開秣陵。
我於是立志歸來，我於是登程西行。

歸來呀——
江中的波濤依舊是渾渾，
江中的波濤依舊奔騰。
征輪依舊不息前進。

過了漢江濱到了宜陵。
進了夔門過了涪陵，
啊！我又回到我親愛的重慶。
——我是如何的歡欣！
我可以又到三年朝夕相伴的學校，
我可以又到三年前散步的嘉陵江濱，
我可以去尋找我過去生活的遺痕——

我走到三年前朝夕相伴的學校，
她呀，是我知識的母親。
那兒的牆——曾經反射我與我的伴侶們的歌聲的回音；
那兒的池——曾經映下我與我的伴侶們的形影；
那兒的花艸上的露珠——曾經浸濕我與我的伴侶們席地而談時的衣襟。
我現在重來呀，
牆依然峙著，池依然躺著，花艸上的露珠仍和過去一樣的晶瑩。

只是我的伴侶們啊，
生的東分西散！死的縹渺無痕！

我走到三年前常常散步的嘉陵江濱。
我在石上癡立無聲。
嘉陵江中的水，仍然反映著過去一般的碧澄澄；
嘉陵江邊的樹，仍然隱現著過去一般的綠蔭蔭；
嘉陵江底，仍然游泳著過去一般的行雲；
嘉陵江上，仍然散漫著過去一般的櫂歌聲；
只是啊——我的記憶思考，漸漸不好，
我已失去了我的聰明！
只是啊——我的年齡若老，容顏已槁，
我失去了我的青春！
只是啊——我的苦痛煩惱，添了不少，
我失去了我的重心！

唉！三年在外的飄零！
唉！三年在外所受的淒楚與酸辛！
充滿了缺憾——我的心；
佈徧了傷痕——我的身。
歸來啊！只希望——身上的傷痕能夠痊癒，
心中的缺憾能夠填平。
誰知道？觸目驚心，
只令我愈感身世的飄零，
只令我追昔撫今。
兒時的我一去不回，
兒時的伴侶別死離生。
只令我志向更灰頹，
只令我悲觀的程度加深。
更多的缺憾的我的心啊！
更多的傷痕的我的身啊！

我撫視著我的心——身，
我痛哭也無聲，
苦笑也不能。
唉！人生啊人生！

民十七年於順慶
（一九三〇年一月「國立中央大學半月刊」一卷七期）

註：本篇發表時署名「唐君憶」。——編者

柏溪隨筆之一(註)

一

人的生活，應該如明月一樣，須得是多方面的。好比明月映在千萬江湖中一樣。人的生活應該如明月雖是多方面的，然而並不因此擾亂內心的統一與安靜。好比明月雖然留影在千萬江湖中，她的本身仍高高地懸在天空！

二

一個偉大的人格，任何小事都可以撼動他的全生命。好比一無涯的大海中，一小石落下也可以撼動全海的波濤。一個偉大的人格，任何巨大的刺激，他都可使牠平靜。好比在一無涯的大海裏，縱然是火山的爆裂，也可隨著來往的波濤而平靜！

三

一個人應該有壯年人的意志、老年人的理智，同一個孩子的心。

四

大思想家，思想之進程，大約有五：
一、但覺他人思想學說之是，此為無主張時；
二、但覺他人思想學說之不是，此為初有主張時，
三、知他人思想學說之是處，
四、知他人思想學說之不是處，
五、能以他人思想學說之一部破他人思想學說之另一部，能以他人之思想學說佐證自己之思想學說。

五

思想自他人書中得而不能融化者，只能以一定之言語表示，如冰之只能置一定形式容積之器內。

思想自他人書中得而能融化爲自己思想者，則能以任何言語表示，所謂橫說豎說渾無窒礙也——如水之能置任何形式之器內。

思想之自己證驗而得者，則不僅能以任何言語表示，且能支配其生活，四面八方，無乎不到。如氣之不僅可置於任何形式之器，且能置於任何容量之器內。

六

科學家應有藝術家之趣味盎然，不然則爲槁木死灰之科學家。

藝術家應有哲學家之眼光超然，不然則爲醉生夢死之藝術家。

哲學家應有科學家之條理秩然，不然則爲恢詭譎怪之哲學家。

七

在現代的社會中，科學家與政治家，是社會的重心，藝術家與哲學家是莫有什麼高的地位的。哲學家的心太不實際，藝術家的行爲太不實際。科學家會想種種的方法，政治家會運用這種種的方法。在未來的社會中哲學家與藝術家是社會的重心，科學家政治家是莫有什麼高的地位的。科學家的心太冷漠，政治家的行爲太冷漠。哲學家供給人的理想，藝術家表現人的理想。不過未來與現在之相距至少還有一千年。

八

人爲什麼都尊敬他自己？因爲每個人的靈魂深處，都有無限未來的光芒閃耀。告訴他，你是終於值得尊敬的。

九

一個熱烈的心，常常壓在一個冷靜的面孔之下。好比結了厚冰的黃河，下面仍然流著活活的水。

十

象山說：「不是我註六經，是六經註我。」歌德說：「不是我作詩，是詩作我。」太戈爾說：「不是我選擇最好的，是最好的選擇我。」凡以爲以上的話是文字游戲的人，永遠不配參與眞正文化的創造。

十一

「最高的智慧，在最平凡的事實裏。然而只有曾經超越平凡的事實，去追求最高智慧的人，才能從最平凡的事實裏去發現最高的智慧。」誰能了解上面這一段話，誰便能了解歌德的浮士德的一生。

十二

自我批判是入智慧之門唯一的途徑。但是莫有一個理想的自我在前呼召他的庸俗的人，他是不敢於批判他自己的。因爲他恐怕發現他那庸俗的自我是無價值時，他的生活將失去憑據，所以，庸俗的人將必然不肯研究他所認爲奇怪的思想行徑，永遠不會跳出他習慣的牆的。

十三

庸俗的人最大的罪惡是他不僅不肯批判他自己，而且拿「最高的智慧在平凡的事實裏」一類話來解嘲。因爲只有曾經「踏破鐵鞋無覓處」的人，才配說「得來全不費工夫」的話。

十四

文藝好比月，月的光是日的反映；文藝只是現實生活的影子。她失去他炎熱底可怕，她失去他惱悶的迫人。

十五

現代中國的都市已日漸使人看不見地，只見馬路。外國的都市已使人連天都不看見。中國的洋房一天一天的高大了，可憐快要隔絕於天地間的我們！

十六

藝術的境界，如朝霞映日。宗教的境界，如晚烟沉碧。哲學的境界，如輕雲透月。

（一九三四年三月「文化通訊」一卷三期）

註：本篇發表時署名「百海」。篇目下之「之一」爲編者加。——編者

柏溪隨筆 之二(註)

（我常憶念我家門前之柏溪，故以之名吾隨筆）

我永愛天風吹過腦海時，
思流橫縱；
也偶然珍惜，
心泉上湧出的泡沫。

——自題「柏溪隨筆」

一

一個眞正的哲學家，
須要有眼大於天，

還要有心細於髮，
然而最不可少的，
是一雙至剛復至柔的手，
能在幻想中塑捏萬象，
隨心所欲；
在實際上撫依萬物，
體合無間。

二

我祈願科學家哲學家的心靈，
如同三稜鏡；
經牠分析後的萬象，
反表現著更美麗的彩色。

三

誰肯常常提昇他智慧的靈光，
在生命的流上搭橋下視；
誰將發現他生命的流中許多
微曲而美妙的淪漣，
——這些淪漣，是他沿著生命的流一味向前游泳時，
永遠不能發現的，
而且不相信這些淪漣曾從他的身邊流過。

四

知識猶如一團生絲，
當浸潤在生活的水中時，
條條清澈，宛轉如畫。
但一朝生活的源泉枯竭，
知識也就膠結如泥。

五

我屢曾想這樣的死：
中天明月，玉宇無塵；
沙灘寂寥，海潮初靜；
獨泛小舟，遙望天水之涯徐駛；
待波濤洶湧，
我亦沉沒入海天的無盡。

六

假如你愛雨後的湖山，
格外的新妍，
你也應當愛穿透淚珠所看出的世界，
格外的晶瑩。

七

有的哲學家比喻生命猶被抛擲的石子，
不知從什麼地方來，也不知到什麼地方去。
誰的精神眞能沉浸在這謎中，
而不以獨斷的態度去解決牠，
或解決了這謎，而依然回頭來沉浸其精神於此謎中；
宇宙的莊嚴，人生的莊嚴，
便都在他的心靈中了。

八

什麼是眞實愛情的象徵？
初見時，似曾相識，
結髮後，日日猶如定情之夕。
什麼是眞實友誼的象徵？

初見時，如逢故人，
互訴生平後，日日相見如在新交。

九

讀一本偉大的著作，
猶如游玩佳山水，不厭百回來。
每回相見都有新的山頭嵐翠，水上漣漪，
伴君徜徉，伴君容與。

十

我願意：
從哲學中看人類精神的頭腦，
從文學藝術中看人類精神的肌肉，
從科學中看人類精神的骨骼，
從歷史中看人類精神的姿態。

十一

當我心靈陷於熱惱的時候，
我便幻想：
我的身體已掛在中宵的蒼穹
一直攀緣著星，
向一方向無盡的飛去，
——到寂寞清冷陰森的氣息，
瀰漫著我的魂靈，
再猛然間向宇宙的另一邊緣跌去。

十二

我理想的人格：有印度人的智慧，
中國人的情調，西方人的意志。
我理想的社會：科學與藝術合一，

政治與道德合一，宗教與哲學合一。

十三

假如人們不愛哲學，我願把哲學比作初戀中熱情的少女，
她常想貢獻其全部心身於其愛人之前。
你只要愛上了她某一美點，
她便急切望你了解她的一切。
——但你不曾同她發生愛情，你休怨她凜如冰雪；
除非你待得陽春至，冰雪全融，
怎知綠波春水，
最是柔溫。

十四

藝術的境界如朝霞映日，
宗教的境界如晚烟沉碧，

哲學的境界如輕雲透月。

十五

政治的活動如建築，
科學的活動如彫刻，
哲學的活動如塑像。

十六

我愛黃昏，
因爲他籠罩一切，
而不沉沒一切。
我愛黃昏，
因爲他使人回味過去的活躍，
預想未來的安息。

十七

人的生活應該如明月，須得是多方面的，
比如明月之留影在千萬江湖。
人的生活應該如明月，雖是多方面的，然而並不因此擾亂其內心之統一與安靜；
如明月之雖留影在千萬江湖，其本身仍長住碧空。

十八

我願意這樣度去我的餘年：
白髮飄然，
依然莫有妻和子。
何處是深山，
我更入深山深處。
茅屋數間，蒲團一個，
夜夜燈殘天欲曉，

遙聞虎嘯猿啼，
緩步出柴門，
看「天淡銀河垂地」。
默念：星移斗換，萬古如斯，
人世悲歡，循環若夢，
遙對夜霧迷茫外之人間，
灑下數行清淚。
——這樣便可度去我的餘年了。

十九

一個正在作哲學思辨的工夫的人，
很難同時在行爲上表現卓越的眞誠的力量。
因爲他生命中每一團柔軟的生源湧現時，
便都化成思緒的雲煙，
莫有可以積注下來造成浩浩的流泉的了。

所以一個哲學家要化成一純粹偉大的人格，
必須有一段時間停止一切哲學的思辨。

二十

一個偉大的人格任何小事都可以撼動他的全生命，
好比在一無涯的大海中，每一小石落下，也可撼動全海的波濤。
一個偉大的人格任何巨大的刺激他都可使牠安息，
好比在一無涯的大海裏縱然是火山的爆裂，不久也可隨著來往的波濤而平靜。

二十一

我愛哲學家之眼如凹凸鏡，
大者小之，小者大之；遠者近之，近者遠之。

二十二

誰只要眞正將他心靈上一重幔揭開，

誰將發現他精神的活動與創造是自然要繼續綿延下去，直到生命的末日。
猶如劇臺前的帷幕只要揭開，戲劇的表演一直不會停止，直到演完的時候。

二十三

冬水漸枯，反清瑩見底，
秋水時至，百川灌河，反黃浪翻騰。
人之精神之發展亦復如是。

二十四

船行江中，立船頭望，
前面山水漸開，
同時後面山水漸合。
人但覺前面山水之開；
其實後面山水不合，
前面山水亦不得開。

人之精神之發展亦復如是。

謄錄舊作隨筆二十四則。熄燈見月色朦朧，知天將曉。聞梅庵梟聲，還步至六朝松下，待明月歸去。忽成打油詩二句：「誰知月落星稀後，一片清冷萬古心」，前二句不可得。然我深深祈願：我之心靈長住此時心境，故附筆於此。

二十六年一月二十九日黎明

註：本篇署名「君憶」，篇目下「之二」二字爲編者加。本篇乃作者早年友人謝斯駿提供，發表於何處則失記。本篇之十四、十七、二十等節與「柏溪隨筆之一」之十六、一、二等節內容重複。——編者

人學

——人文友會第五十次聚會講詞（註）

牟先生致詞

今天是我們人文友會第五十次聚會。兩年以來，我們的聚會講習從未間斷。而其中最關心我們，最鼓勵我們的，就是唐君毅先生。唐先生雖遠在香港，但由於唐先生對我們的關懷和繫念，所以地隔千里，也如在眼前。這次唐先生隨港澳訪問團來到臺灣，大家正好藉此多聆教益。玆乘人文友會聚會之期，先請唐先生講幾句話。因爲唐先生今晚九時還有重要宴會必須參加，所以將聚會時間提前到七時半開始。另外，劉校長今天也來到我們友會，還帶來點心西瓜，應先致謝。現在，就請唐先生爲我們講話。

唐先生主講

今天很高興能與諸位見面談話。七天來，日日隨團參觀，連和牟先生敍談的機會也很少。每天觀光，因而精神散漫，好像凝聚不起來的樣子。天天見很多人，但彼此都只在感覺上存在。今天到了友會，才使我精神收歛凝聚回歸到自己。我本來只想來聽，仍由牟先生講。這樣將更好，更能達到收歛凝聚的目的。但牟先生一定要我講。我也沒有準備講一個題目，而許多要說的意思，牟先生兩年來都已對諸位說到過。我在思想上與牟先生無大差別，只有時說話方式不相同，頂多也只是着重點不同而已。

我與牟先生分別已經七年。依生物學的說法，人經過七年，身體的細胞全換過了，細胞雖換過，人當然還是這個人，而且思想亦沒有變。但精神上則似乎如夢如寐的樣子，心情已與以前不同了。這心情不太好說。但內中有許多感慨，而這感慨亦一樣不太好說。譬如辦新亞書院，因爲兼教務，經常要參加社會上一些會議與活動。這些事情實在不能與自己理想一貫，但有時要適應、有時要周旋。通常我總在晚上靜坐一二十分鐘，使精神凝聚一下。故七年來尙未怎樣墜落。新亞書院自然也照一般大學教育來辦，但做學問是否也像辦大學一樣來做呢？照現在大學裏學問的觀念來說，我想是不夠的。如文學、史學、哲學與社會科學等等的學問，當然各有它的價値。但其爲「學」，實際上皆由西方science 一觀念而來。科學知識是指有系統有條理的知識，它要將理性所創造出來的東西，客觀化外在化以成爲一個對象。譬如歷史，必將它擺在時間之線上，以指說在某年某月發生了一件什麼事。史實必成爲對象，然後歷史才成爲外在的客觀的知識。其他社會科學也要將社會變爲客觀外在的對象，然後才成爲知識。當這些外在化客觀化以後，我們自己的生命就抽空了。如我在此講話，我的身體是這血肉之軀，講話的地點是師大會議室，講話的時間是八月十一日，講話的對象是你是他等等一個個的人，這些全都是外在的。一切都成爲科學知識以後，我們的生命卽將完全抽空，在此，知識本身便有了一個危機。但這個危機還不是一般所謂科學知識的誤用（如原子知識之誤用，造成原子彈可以毀滅人類等等），而是它將人生化爲外在的東西，使人的生命抽空了。成就知識使之客觀化，當然也表示自我的擴充以獲得一解脫、一超升。所以知識不容否定。但我們不能陷在知識裏，使精神也外在化，而造成自我分裂。一個人自我分裂之後，精神感覺敏銳的人，必將感到無邊的空虛徬徨，必須在科學知識以外，另有一套學問而後可。牟先生在人文友會與諸位所講的，就是這一套學問。

兩三年前，牟先生約我同時在新亞也開始講。但因事務繁雜，始終未講過。到今年上半年才開始定期與幾個學生講過幾次。這套學問我名之曰「人學」，是人的學問。是要把外在客觀化的東西重新收回到自己來。這也就是牟先生所常說的收回到「主體」。這「人學」，不能說它是人類學或心理學。因爲人類學與心理學還是把人作對象看。人研究人類學心理學時，固然是以人爲對象，但人類學家心理學家並未把他「自己」放在對象之內。在此我們要問：研究人類的那個人，研究心理的那個心理，他個人自己的生命存在之本身又如何呢？此卽顯示人自身之另一套學問。學這套學問完全是人自己的事，任何人幫不了忙。它是個體存在本身之學問。就像我餓了，除非我自己去吃飯，任何人不能對我之餓幫忙。這套學問，或者在我自己心上能覺悟，或者一無所有。如心性之學，前人得了，但我們自己不得，也就沾不了前人的恩惠。這是無所依攀，是自己面對面的地方。這種學問與使用抽象概念的普通知識不同，它不是將概念擺開，或將概念連結起來就能成就學問的。這種學問的語言不是指示式的，也不是宣傳式的，而是啓發式的。指示式的語言只要指一對象卽可，宣傳式的語言也可用來說服或暗示，而啓發式的語言則必須淸楚，必須找出一個東西以供印證。所以它隨各人之具體生活而有不同，並且最後還要將此語言收歸到自己才能了解。同時，說這一類語言，也可不說完，而可有含蓄、有保留。這種語言也不能嚴格系統化，而須隨事而因應。這番話我在香港曾經講過幾次，意思與牟先生所講大體相同，只是說話的方式不太一樣。當時也曾有記錄，將來印出來可以寄給諸位。這種學問有其領域，但它不同於哲學，只能說它是心性之學。但又非心理學，而是人性的學問。從此學下去，就是古人所說成聖成賢的學問。通常也說它是完成人格的學問。但說完成人格，容易與心理學說的人格觀念相混淆。對心理學上的人格觀念，我素來不喜歡。它是外在的講，我們是內在的講法。這表示完成人格之學必扣緊聖賢學問，或西方基督敎之靈修與佛敎之禪定而說。絕不好從心理學或社會學的人格觀念去了解。

這套學問從個人自身再通出去，從一個人通到另一個人，則倫理學也要重新講。在西方，道德精神總不顯，而中國講道德，則最重倫理。在早年，我並不喜歡倫理的意思。如在從前我寫的「道德自我之建立」一書中，卽以自我之超越爲道德之根據。這七八年來，始知倫理之意義非常深遠。離開倫理，個人固然亦可有高卓一面的道德成就，而令人尊崇仰讚；但只有在倫理關係中（如朋友、夫婦），才有互相內在的意義，才有最高的道德。這幾年在香港，常常念及自己的師友、家庭，乃知與我有倫理關係之人爲最難忘。因此，遂對倫理的莊嚴深厚之意，有了深切之感觸。直接的五倫關係，我們有許多地方尚未能「盡分」。如家庭父子兄弟夫婦之關係亦皆未盡其分。因此，人倫的道理仍然值得講。我近年來對此深有體會。從這裏再推出去，如改造社會，改造自然，自是客觀上的實踐。但它仍然只能是人分上的事。「知人」而後能「論世」，所以我們不能沒有知人之學。（此與一般所講的處世哲學不同，平常人所講——如馬爾騰，乃敎人如何獲得人之好感，討人歡心，這實在只是權術哲學，不足以言知人論世。）中國古賢有這一面的學問，但不好稱它爲科學，也不好說是哲學。但它又不是完全的直覺，其中有一種修養的方式。知人之學，也不一定講出一套道理。眞正知人，不是爲了要得知識或要用人，而是「人之相知，貴相知心」，所以，此「知」之本身，卽有一價値。人與人固不應誤會，而當互相了解。社會上許多衝突，皆起於不相知。所以人與人是分離的，通不過去，就像水之有阻隔而流不過去一樣。知人必須要知心，要有知人的智慧，在這裏就含有功夫的意思。凡是需要通過自覺和用功夫的地方，就是學問的所在。學問不宜局重於一小圈子，應該要擴大，否則，有時會感到沒有學問之存在。由這知人之學當然還可以產生許多價値。如事業是人做的，但必須合起來做，而要人合起來便必須先知人。而現代的人將人合起來，是用一外在的力量，譬如靠一共同目標之組織等等。然而，人與人要眞正的合起來，則需彼此知心。人與人知心，可以開拓個人的生命與胸襟。而當前這個時代，正需要一種「擴大的友道」。講友道，除了友天下之善士，還要「尚友千古，下友百世」。這必須以道通之。如我與牟先生，從時間上說，分別已經七年；從空間上說，海天茫茫，地隔千里。而我們在心靈上卻是最近的。因爲有道以通之，時空的阻隔便可以化除。人有時很孤獨，需要同情的了解與安慰。但別人總不能分擔他的孤獨，我們通過師友之道，則仍然可以幫助他，而使他覺得並不孤單。牟先生友會講習的這番精神，也有此意。上面說到現代人是用一外在的力量將人合起來。就民主制度言，本是要建立和成就各種社會組織，但任何組織還是靠一個抽象的公共的目標來聯合許多人，而不是這個人與另一個人眞有精神上的互相內在。所以一個人儘管有許多同學同事，事業上也有合作者，但他仍有孤獨之感。如我們同時呼口號，聲音是一個，但發出此聲音的，仍然是一個一個的各個人。即如諸位來此聽我講話，也仍是靠一抽象的目標，我們初次相見，仍未必已到互相內在的境地。再如社會繁榮，在繁榮中仍然是寂寞。人住在最熱鬧的市街，但來來往往的人始終是陌生的，結果仍然是無邊的寂寞。在這裏只有師友之道可以安頓人生。人也常說宗教可安頓人生，但人求上帝求佛時，事實上正是他最無人了解的時候。此中有無限的悲涼。一個人面對上帝是悲涼，有二個人以上同信上帝，他便算有了同道，而可以不悲涼。而二人以上，便正構成「倫理」的關係。所以師友最重要。這最能顯發倫理之精神意義的師友之道，是直接安頓人生之處，是德性表現的地方。

各類社會組織是一「方德」，是由許多線縱橫交織而成。但它不能使人之精神有一周流融通之處。在此，只有靠師友之道。要成就事業，當然要組織，這就是建國的問題。近幾年我也常感中國建國問題的重要，而牟先生則在十多年前便正視了此一問題。人學，對自己是成就人格；進而求知人，是要使倫理關係各盡其分；再向外通出去，便是建國。建國的事業需要科學知識，但建國的精神則不在科學裏面。對中國而言，建設國家的專門知識和技術甚爲重要，且首先必須提撕建國的精神。中國未來的政治一定走民主之路，此無問題；在這裏不好退卻，有許多觀念也不好違背。就這一面講儒家的學問，也可有不同的理路。不過在政治理想上，古代的觀念是顯得不夠。董仲舒嘗有「仁君正己心，正人心，正朝廷，正百官，正萬民」之說，此便是從一個中心出發，而期其「光被四表」，但這畢竟不夠。其根本的問題，是在政治領導人物之擔負太重。此意牟先生常說到，但現在無人了解此意。所謂擔負太重，卽人民之精神爲君主所涵蓋，而人民之精神不能涵蓋君主。此中實有一大委屈。結果君主之仁愛，也成了天羅地網。而民主政治，則在此前進了一步。它不獨是「仁」的關係，而且是「義」的關係。民主政治的根源實在於此。可惜現在的從政者仍然是往昔聖君賢相的意識，而又欠缺古人那種道德意識的基礎。結果便成了官僚集團。另外一些人則未認淸民主的本性與自由之眞諦，而成爲飄浮的個人自由主義。這兩種意識，皆所以阻礙中國民主建國之成功者。自從共產黨佔據大陸以後，人們對於此一問題當能見得明白，而可看出中國社會毛病之所在。但我與牟先生講學問，總從大處、根本處着眼，而不取時人針對一點一點的弊病而批評之、反對之的態度。因爲那樣容易使精神散漫，不能凝聚。諸位於此不可不愼。中西文化在互相衝擊中自然產生了許多弊病。民國以來，青年喜好革命，看見黑暗腐敗就要去反對去打倒。革命當然有其時代上的價值，但今天中國的青年則應該回轉來反求諸己，不好一往的向外批評、反對、打倒。記得胡適之先生在北平三貝子公園的烈士紀念碑上，曾有二句這樣的讚詞：「他們的武器，炸彈！炸彈！他們的精神，幹！幹！幹！」然而，我們的生命不要只成爲炸彈。炸彈是毀滅了他人，也毀滅了自己。我們至少要做一個照明彈，以毀滅自己來照耀天空，光明大地。而最好則必須是燈塔。燈塔照明了黑暗的大海，使航行的輪船分辨出方向，避開礁石而得到安全。而燈塔自己且又是長明的。人也要在人世間做一個燈塔，既能照耀人間，指導人生，而且使自己也成爲一個永恆的光明之存在。總之一句話，培植自己比向外尋找缺點來加以反對批評，實在重要得多。

牟先生講話

剛才唐先生已將我們人文友會的精神，與我們講學之方向，重複地講了一遍。爲使大家更能把握唐先生所講的要義，及其發展的幾個關節，我再簡要的重述一下。唐先生首先從學問之性質講起，說明學校裏的學問是以科學知識為主，乃由西方 science 一觀念引下來。進一步指出科學與知識以外另有一套學問，此卽成聖成賢之學問，也就是德性之學。由此德性之學往外通，就是正視倫理關係，是卽君臣、父子、夫婦、兄弟、朋友之五倫。在此再點出人只有在倫理中，乃能精神上互相內在，周流融通。所以「知人」甚爲重要。知人才能講師友之道，纔能擴大友道精神。由此再通出去而說建國的問題。指出建國總不能從組織一面去想，而須把握住發出此組織之精神。這就是近代化的問題。近代化不是一時間觀念，它有價值之內容。我們要正視近代化之內容，不能只是外在地去看它。繞着建國的問題，首先，人本身必須處理自己，安排自己。在此，人當該用點心。要把精神收回來，不要兩眼只朝外看。先要建立自己，要自己通體透明，全體放光才行。現代人最喜歡講作用。你講學問，他必問你有什麼實際效用，此最無理。實則要講作用，必先求自己站得住。一個人眞能在學問上站住了，便是人世間無限的大作用。他就是一個積極的存在，就可以直上直下立於天地之間。我們不要總從作用處想，自己還不能站起來，如何能講作用？人常說要做中流砥柱，若站不住，如何成其爲中流砥柱？

唐先生敎大家要做燈塔，燈塔也不因爲講作用，而去這裏照照，那裏照照。它只是矗立大海之中，永恆自明。而其光芒亦就自然能照耀海面，指導輪船之航行。唐先生今日所講，極懇切，極中肯，希望諸位會友切實用心。

唐先生講話

我自己講話總很散漫，牟先生用簡要精當之語，纔使剛才所講的線索顯出來。在我講時卻不自覺。人若多一個自覺，即多一分意義，這很重要。在此，我應該謝謝牟先生。下學期起，牟先生將離此赴東海大學教書，也就是說要與諸位同學離得更遠些。但我們曾說過，人的精神要超越時空，即使隔得遠，仍然如在眼前。另外，希望諸位安心讀書從學，在此亂世，臺灣是比較最寧靜的地方。在香港則不行。那裏風吹過來又吹過去，草木不能生長，實在不好做學問。

諸位在臺灣有一個安定的環境，就該多用點心，精神上要多凝聚。這也是牟先生所說，要求自己站得住的意思。

（蔡仁厚記錄・一九七八年三月「鵝湖」第三十三期）

註：本篇爲作者一九五六年八月初赴臺灣，應牟宗三約擔任人文友會第五十次聚會主講之講話記錄。作者本人未過目。——編者

人學講會札記（註）

了解歷史思想，應自其如何創生處了解。

說有的有，但不說未說者無。

春秋之書法：表價值判斷於事實判斷，無價值即同於不存在。

我昔以人生進程爲直進而有諸階段，今始知有歧途及降落。

人之所求於功利，實無意思。人志於謀職，此不過爲人之工具。人或反問：孔子墨翟之道不行，受苦受難，又何意思？此實假定功利爲有意思，又倒回來了。

人應作大人，卽知前者之無意思之人。人可爲第一等人，一切皆只是我之責任，我爲一施與者。此非傲。傲則背理故。

人生走省事路，恒交代自己于習慣，于盲從、依賴他人，交代于上帝，于機械世界，交代自己于刺激及直接反應……。此皆可無人生問題。

眞學問之問，非問難之問，乃問路之問。

哲學多駁反面以顯正，人之學則要在句句是正面。

同行者之所以相忌，由于人在創造歷程中可有先天的排拒性。

人之諷刺，只能以具體特殊之醜惡爲對象，而後者必消逝，故諷刺無永恒價値。

義理之養心，由理之撑開此心與提升此心。

人之盡心知性卽立命，如種子之盡其生機，以成大材，卽立於天地間。

人之自立，賴于自己超越其現實之我而立于現實之我之上。

精神之樹欲長大，須剪除枝葉。

我們今日因國家之界限莫有，家庭不能安頓，故一談問題皆爲世界性，則無從下手。人只有漂蕩、流轉。在香港尤然。

學必須講。講時則心中有他人，卽心開，卽有智慧出。

早有宗教信仰者，如幼年卽定婚。當情動時心卽有所託。但婚姻命運早定，不能自由，可憫。而無信仰者或徬徨一生，愈選擇愈難遇心上人，或終身不婚，亦可憫。

佛廟之內，先哼哈二將以示呵斥，次有彌勒之笑以示吸引，再有四大天王以起敬畏，彌勒後有韋護以護法，有空庭以游經，然後正殿。說理示人亦當如此次第，接引以至正理。

象山言論語多無頭尾的話。教不倦卽仁；學不厭卽知；日知其所無，月無忘其所能。……皆空前絕後語，前無來處，後無去處，理在當下。此是止于處處；止于游，游于藝，游于道；卽處處止于游。此方是人生之學。

歷史有終始。科學有前之定義、假定、後之證實。哲學有前提結論。小說有始終。戲劇有開場與收場。然詩則否。絕詩更爲兩頭截斷絕去者，如「床前明月光，疑是地上霜，舉頭望明月，低頭思故鄉」，如「問余何事棲碧山，笑而不答心自閒。桃花流水杳然去，別有天地非人間」，無起處止處。

人學之言亦如此，故論語、新約皆可前後顚倒編過而無害（而有始終前後之歷史、哲學、小說等則否）。此方是無待之學。

有話卽長，無話卽短。淵明言五柳先生旣醉而退，曾不吝情去留。講學亦當如此。

宗教中失自覺，則不能辨來者爲魔或道。

一般之學只與知識，或訓練推理能力。尙有啓迪智慧之學及成聖成賢之學。

知識學問成人與人之橋樑，則非外在化。

人學自人起，自人中之我起，自我之當下起。

以口言不如以目光言，以目光言不如以笑淚言，以笑淚言不如以身體之動作言，此又不如以整個生命言。耶穌以此而成純精神。

以生活滋養智慧，以智慧潤澤生命，以知識開拓生活，生命、生活爲學問之模胎。

學問外在化之病：

歷史、地理——時空秩序，瑣碎，以事縛人——記醜而博。

文學——感性、情理，浮華，以情溺人——順非而澤。

哲學——推理，空疏，以理殺人——言僞而辯。

科學——分理，滅裂，以智以物役人——心達而險、行僻而堅。

故漢學家多貪，文學家多淫，理學家多僞。

正途應爲：

歷史——保存世界，成就敦厚，以知自己亦在歷史中。

文學——同情世界，對缺憾之同情、對好者之讚美，以陶養性情、收歸性情。

哲學——貫通世界，收歸體證以成慧。

科學——條理世界，使心靈上軌道，收歸觀照（理論科學）與應用（實用科學）。

人學非歷史之學，視作歷史則爲古人。人學非只文學，文學只爲外面之讚嘆人物。人學非只哲學、科學。哲學、科學只爲外在之理論分析。人學乃人之自己存在之學。

我們所講的話，是一圓球上之點線，憑點線不能抓住圓球。但聽多了，則球形出。

人之自信：去悲觀，信人。對罪惡世界之認識，對光明之希望，皆證內心有光明。

我寫「道德自我之建立」時對自己過失之認識，今之對他人與社會過失之認識，此中處處有內在的超越的明德之照映。

人生命之病，不外由于外感、微生物與身體化合，食物不化形成積滯，肌肉臃腫、瘦削、痞塊、贅疣、形骨支離、殘缺，力氣弱，或強陽失眠等狀。精神之病有相類似者。例如形骨病乃由於志向格度；傳染不消化，乃源於習染與習慣之不與生命相應者；積滯而成之痞贅，乃觀念成見之類；肌肉之瘦削、臃腫，乃缺情韻之潤澤或熱情之泛濫之類。力弱與強陽，乃缺實踐與偏執外馳之類。

人有病，但人非死人；人有罪，但非遍身全是罪。

人須有爲眞理作見證之精神，如譚嗣同、耶穌、文天祥卽是。

人與物不同，人求無限。不能超出物而求無限，卽陷溺於物以求無限，縛於名利、權力、子孫而了一生。然此與人之眞生命、眞心不相應。

人向上精神應培養于少年之立志。志于升天成佛皆可。孔子之志于學。此皆當先自其超越面了解。大志非志什麼，只一靈性之自覺。此不好說是什麼。因有是則有不是。此不好說有何用。因有用則有用之者，此則有限定。人之志爲用之主，無限定之用。

此心顯現，則可使人生之有限方面與無限方面齊還本位。自然生命要死，力有盡，而此心涵其他自然生命及其他力而無限。護持成就世界，亦成就自己。

基督教之力量由祈禱來，佛教之力量由觀空來，儒教之力量由義理、人倫來。

心靈世界中有泥沼，可使人陷溺；有急湍，阻人前進；有洞穴，閉錮人心；有山岳，擋人行路。

以後世之眼光看現世，則現世的一切罪過皆不存，如吾人居今以看古。

有道與有德不同。德者得也，中國文化重德。

草木相擠，不能生長。人與人之關係須寬舒，如房屋中的空處可行動。胸襟乃心靈的客廳。

人欲于特殊技能知識見長，與人較量，則不能免于忌刻。胸襟大，依于以仁存心，乃能視人之長若己之長；亦依于理想悲願之大，則所望者多。

聰明人之病痛：希祿固寵無所不用其極，機械變詐，世故。

所謂力量之意義：物理力、生命力、智慧力、感召力。皆可由德性而增加。

養心之不易，如以網罝水捉魚，入網才捉，魚又滑出，須收網才行。

人心乃虛靈，故亦可染一切。每一經驗即一習染。

道家之無，佛家之空。宇宙爲一音樂，爲一無人的歌唱。說有神主宰創造宇宙，則太費力，不輕鬆。大力者輕鬆。

見賢思齊，見不賢而內自省，則無處不得益。

在黑暗世界中，不當只如炸彈、照明彈，當如燈塔。

道德有行之大可貴，不行亦非大可賤者，如對古人及大人物之崇敬，不居功等。有行之則可貴，不行則可賤者，如誠實，依義務定權利等。有行之不可貴，不行則大可賤者，如夫婦間之不亂等是。

人在羣山中呼喚，聞回聲連續而至，亦至樂。

現在文化之病在於人之泯失。例如：人在階級膚色種族之觀念中沒了；人在近代軍事中沒了；人在商業社會工業社會中成商品，成齒輪；人在宗教獨斷中互爲魔鬼；人在科學技術威脅下，隨時可死；人之自由可被剝奪，言論說話可被收聽，行動可受電視監視；人在廣告宣傳之假藝術文學中沒了。人在交通繁忙的街上，只互爲感覺的存在，只身體與身體相見而已。

人之外在的定義：物理的定義、生物的定義、社會的定義、政治系統的定義、經濟系統的定義。

人不能只化爲時空的交點，不能類化，不能只視作「一個人」。只以關係界定之人生，是虛的。人生須充實。人不能只視作有限的被決定者。

人之平等義於人之超位性、超系統性處見。我欲居人上與人欲居我上乃相矛盾而相抵消。故人與人之平等必涵內在的自由性與自由之規範。

中國古之人民爲天民，爲羲皇上人。

歷代史家論忠，以有君臣之政治關係爲度，如黃梨洲、許衡。劉因未仕宋，仕元即無過。既爲友即不能賣友，賣友背師及悖親皆罪，以皆先有精神上之內在聯繫故。

節婦之精神，守遺孤與代夫事親皆有一至高之精神價值。

家庭中人互相內在，但國家中之份子則否，故人不易爲國家有情。昔之國家家庭化，今後在國家中，人從事政治仍當有友道貫于其中。

政治重法度，不重直接感召。直接感召畢竟有限。

大哲學家如遠山，如只在城中看，尚不如房屋高。必須親自至其處，乃見峰巒重疊，高峻難登。

人心之有執有私者，必與人相敵對，始能自覺其存在。然此種我與非我之敵對，非向上者。故非希特之說須簡別。

物以A而非B，無自作主宰義。道德心之恒A而非其反面之B，則有自作主宰義。依道德心之理智心之進行，亦直而非曲。在有辯證之場合，當反兩偏以歸于正，則與黑格爾之辯證不同。

百年來之中國留學生，藉中國學問之研究在外國得博士，而以外國之資格騙國內之人。

人如不至個體與普遍心合一，皆不能免于求名心。于此強制求名心，亦不能得道。人之不求名，恒由於「看不起他人」之傲氣，此傲氣只代表人之高于一般人，而不代表其深心之無求名心。

志由愧恥出發。

杜威「哲學之改造」謂自由指個人而言，卽指生長以應變化之需要。

著作或爲原始森林，或爲城市街頭，或爲森林公園。

著作或如農業自生，如工業製造，如商業販賣。

心公能容，乃能有道，容人走。

哲學或如音樂、畫，或如雕刻、建築。黑格爾之哲學則爲大禮拜堂，而其中所奏者爲音樂，亦可懸畫面。

獅子雖猛，然馴獸家可支配之，非馴獸家以力亦能支配之。乃獅子受交替反應定律支配之故也。

人自謙，則使他人佩服爲自動而可感。我如用方法使人佩服我，則我覺得人之佩服我，乃我自力所致，而不生感激之意。

基督教知人可以有限爲無限而有罪惡，儒家知人以有限體無限而去罪惡。

世界之事物，或自覺的合乎道，或暗合乎道，或相毀以合乎道。歷史之進行亦如是。人不能皆自覺合乎道，則繞道而旋，離道者則相毀以合乎道。

歷史中之超歷史原理——偶然中之定然。

學問或由自己自得，或本于已成者之接受，非必立異乃有所學。

一般知識觀念恒爲多層次之集結，或多種類多方面之集結。如地有地層，礦物中有合金，須分別認識或提煉。

註：本篇各條摘鈔自作者遺下之筆記。約寫於一九五八年前後。——編者

母喪雜記(註)

吾母逝世，吾日記亦斷，於沙田慈航淨苑守靈九日，哀思難忘，因雜記之而苦難連綴成篇。聊以誌吾不孝之罪云。

一

初，去歲農曆年底二十八日，吾在校中，得吾妻廷光電話，囑返舍，知二妹有信至，言母病入醫院，而藥不可得，速寄藥歸云云，廷光旋卽往藥店購藥郵寄，計其時母病入院已十四日，顧當農曆年底，衆人亦忙於過年，唯中心憂念耳。

新年初一，諸生來拜年，下午一時郵差送電報至，未及譯出，卽意爲噩耗，後知是囑購藥之電，稍得心安。廷光旋再往藥店，而元旦日例不營業，後乃於一平日相熟之藥店，購得所需藥之一種，而郵局不辦公，翌日乃得寄出。當日亦曾探問有無去廣州者或可便中帶去，終未得其人。吾今所最痛悔者，爲當時應卽派金媽，先攜藥至廣州六妹處，再由廣州航寄。而吾竟未一念及此，皆由孝心不誠，乃思慮不周。吾之罪大，不可贖矣。

新年間人客往來，心中時惦念母病，然得二妹信，又以已離險境爲言，後乃知此乃二妹相慰之辭。二妹孝思最篤，數十年來，凡母有疾，皆親侍湯藥，照料無微不至，今唯以恐吾過於憂慮，遂故爲此言。吾乃忽焉不察，而忘親病之重，吾不孝於母，亦負吾妹矣。

正月十四夜與廷光及安兒至鄰近花徑望月，自作思維，念母如有變故，必有電來，今無電來，而藥已寄出，歷十六日，應已收到，則母病可瘳。乃與廷光及安兒言此意，皆以爲然。孰知翌日即有電至哉。

正月十五晚，友人招宴，初不欲去，既去，在座有凌道揚先生，自言其母已九十九，體尙康強。念吾母之相，人中甚長，應亦可臻高壽，方作是念，忽爾鄭力爲君來相報，家中又有電至。不待鄭君言吾已知吾母已棄吾而去矣。力爲相扶返寓，見宗三兄已先至，廷光安兒亦來相扶，哀痛欲絕，而奔喪之情，尤難自已。今乃終須已。嗚呼，悠悠蒼天，曷其有極。

十六日晨乃向廷光索電報觀，只母逝命勿歸五字，中心愴痛，而疑電文有誤，迄於今日，此疑猶婉轉於心曲也。

二

正月十六與李國鈞及趙潛二君，趨車至新界數廟宇，擬擇一以設靈位，吾母因信佛，亦嘗在港小住，沙田乃母所經行處也。遂偕曉雲法師同赴沙田慈航淨苑設靈位。憶昨夜宗三兄言及設靈位事，即不忍聞，而不忍設，今亦不得不設矣。

慈航淨苑爲一尼菴，距火車站二里許，住在一小山之麓，吾昔日常游之處也。菴中有祖堂，列列皆亡人木位，由菴尼代爲供奉，吾每過之而惻然，孰知吾母之靈堂，今卽設於其側也。靈位牌初由曉雲法師以黃紙書，菴尼旋卽以花果供獻。繼共商發訃文事。念淨苑地在鄉僻，勞人步履。而吾之心情亦不能斟酌，孰爲必當發訃之人，遂決定將訃文登諸報端。

李君謂依港俗子女皆應同獻花圈，廷光因將諸妹弟、妹夫、弟媳，及諸侄諸甥之名皆開列出，以備訃文及花圈之用。翌日見報上所載訃文及花店所送來之花圈，諸人之名皆具在一處，而實海天遙隔，念此益增愴痛不能自已。

以紙書之靈位牌，應易爲木主，方得於祖堂長久供祀，念吾妻廷光之父於十三年前逝於四川眉山，亦路遠不得奔喪，吾其時正窮困，未有所以盡其爲子壻之道者。後與廷光言，當設岳父母之木主於此，而因循至今未設。今乃請菴中同時訂製岳父母木主，而吾負廷光已多矣。

十六日至廿日皆由菴尼六人誦經，有金剛經、地藏經、法華經方便品等，而中午上供，則與吾父逝世所行舊禮略同，唯其音尤哀，輒感動難已。菴主爲智林法師，近日皆在病中，聞吾來亦下樓弔唁，並爲誦經。又凡入菴禮佛者，雖素不相識，亦至母靈前作禮。古人言凡民有喪，匍匐救之，今乃親受之也。

吾父爲遺腹子，吾年十二而吾祖母逝世，吾無諸姑伯叔，吾祖母苦節一生，吾父以哀毀過情而得腦病，數年後遂從歐陽竟無大師游。終吾父之生，每道及祖母事，未嘗不流涕。吾年二十三，而吾父棄養，吾母亦傷痛致腿疾，逾年而後爲遺悲懷詩，以呈歐陽大師，大師嘆爲希有，遂爲吾父作墓誌。大師於二十年前病逝四川江津，吾與吾母嘗往弔，而今吾母又逝。念人生代代，相哀相悼，竟無窮已。吾今之愴痛，亦終無已也。

淨苑距九龍市區頗遠，而友生與諸相識前來弔唁者絡繹不絕，多行跪拜古禮。學生中更多三跪九叩，來往數次，或終日相守者。今世人情淡薄，而吾得有此，尤心感刻難忘。吾嘗深信幽明之際，自有通途，一念相悼，卽成相感，存者心念於亡者，亡者卽存於存者。故凡相弔唁者，其一念之誠，冥冥之中，對亡者之靈，皆自有扶持翼翼之功德。謝啓中常用之歿存均感之言，應非虛文，而爲實事。願俟他日德業有進，天啓吾衷以大弘斯義，以報今日弔唁者之隆情，與吾親罔極之深思。

念吾今在淨苑設靈遙祭，諸事幸賴友生相助，二妹五弟在蘇州，皆未就業，人事因緣，遠非我比，而身體皆羸弱，旣侍母疾逾月，更遭巨變，喪葬之事，復必躬親，又大陸改風，喪事從薄，卽吾所滙款，皆依時寄到，亦未必皆准用以盡人子之心。吾母逝矣，而此時骨肉之念，亦以彌篤。

樂果老法師將吾父母及岳父母之木主，並安置於祖堂，與其他異姓之木主並列。此不同吾鄉祠堂之木主，皆爲同姓之宗親。然吾今縱得還鄉，應更不見祠堂舊制，而此淨苑之祖堂中一一之木主，皆其他之孝子賢孫所供設，其一一在天之靈，今皆與吾父母及岳父母之靈，共聚一堂，念此頓心生感動。古人云老吾老以及人之老，於生者如是，於死者亦應然，乃併爲之上香。

自吾母逝後，不免觸目興哀，吾妻慰吾曰：若我才一歲卽喪母，未知母之面目者又如何！吾母年七十八堪稱上壽，今又有多友生來相弔唁，當此亂世，吾母有此，已可謂哀榮。更念諸來弔友生中，或年少於余，而其親已早逝者，其親之存者，更多欲歸侍養而不可得者，或欲寄款接濟而力有不及者。今天之所賜於吾者，未嘗薄於人，而實已厚於人，則吾更當何求。然吾之哀思，亦非出於更有所求也。唯時感此心懸於死生幽明之際，而未知何托，亦若不忍其別有所托耳。

三

在菴中九日，中夜後卽不能成眠，鷄未鳴卽起，以與母靈位相守，漸聞佛殿中鼓聲與磬聲，見諸女尼上殿禮佛，歸來相遇，皆合掌爲禮，並相問訊，雖一言半語，亦點點滴滴在心頭也。

菴中多蚊，吾在家時，遇蚊卽撲殺之，今但驅之而已。每夜靈堂中，有蝙蝠飛旋，今晨見一黃蜂，飛來祭獻之花上，皆親親切切，現於眼前，平日無也。昔賢曰：敬親者不敢慢於人。今更益以一語曰：敬親者不敢慢於物可乎？

沙田之佛寺以淨苑為最大，歷年最久，慈航虛雲二大法師，皆嘗駐錫於此。蓋四十年前，智林法師與其師徒向政府購山地，躬闢草萊，荷土運石，備歷艱難以建大殿，後乃得胡氏護法乃成今日之規模。因念此中一土一石，一草一木，皆來處不易，吾之得居喪於此，皆智林法師與其師徒昔日辛勞之所賜也。

吾母逝世於元宵佳節，生於二月十二，與百花仙子同生日，先外祖蓋因而字吾母曰卓仙，又以文王之母大任之名錫吾母。吾兄弟何敢望文王，而吾數十年來亦未嘗一思母字卓仙之義，今母逝世，港俗都以花圈相弔，環繞靈堂者近百，乃忽悟其義。念吾母有靈，當為含笑。

昔日以輓聯致唁之風，在港已漸淪廢，然吾母之喪，諸前輩先生及同事友生，親撰寫輓聯者，乃逾二十，多慰勉有加，相期以道。感愧之餘，自念余若有微善，得不見棄於賢者，皆吾父母師友及昔先聖賢之教化薰育之所致，頓悟佛家言迴向，凡有絲毫功德，皆當迴向於他人。此與基督言光榮歸主，儒家之言讓德於天，善歸父母，同具深旨。吾平日貢高我慢，今日母喪，匍匐靈堂，方悟己身，實亦無所有。願本斯心，與師友相切勵，以共繼斯文，則今後華夏光明，誠當永在，並願此光明，更迴照吾父母及邦人君子之父母在天之靈，與先聖先賢之靈。

吾母既喪，凡見有母之字處，皆悲難自已。而靈堂之輓聯花圈，則即疏遠之稱呼，亦為唐母，例多以伯母及太師母稱吾母，而以世侄小門生自稱。至如趙冰、錢賓四、沈燕謀、趙鶴琴諸先生皆年在七十左右，吾對之誼屬後輩，唯以同事之雅，亦竟以伯母稱吾母，既非所敢當，更心懷感激。平日吾往弔喪，見此類之稱呼，亦意謂習俗因然耳。今因此感激之情，乃悟此稱呼之微，初皆本於吾習先聖賢之教，原以伯叔姑侄兄弟姊妹之倫，通於四海，而後天下之人乃屬於一家之親，若非出自至仁之心，安能有此。念彼他邦之俗，於父母亦有竟呼其名者，唯於攝神職者稱之爲神父，更見吾昔先聖賢之教，能充人倫之量，而達人倫之至。然今日國運如斯，教化安托？願以微軀與邦人君子共興華夏，以此人倫之至之教，光被四表，格於上下。敬懷心願，以告吾母。

四

計吾一生得侍吾母膝下之日，不及其半，兒時往事，尤依稀難記。唯憶吾母嘗對吾言，謂十九歲來歸吾父，三載乃育吾。吾初生，頭骨醜異，母畏人笑，時以手加以按摩，乃漸渾圓。又言當身懷二妹時，卽知胎教之義，常面對一賢像，而自存誠敬心。故吾諸兄弟姊妹中，二妹亦生而最爲賢孝。其初，吾外祖陳勉之公，於清末任教成都女子師範，吾才半歲，吾母卽與吾父同去成都，往就學焉。其時女生，例須住校，非星期六不得返家。每日由家中老僕抱吾至校中門房，就乳兩次。吾年不及二歲，母卽教吾識字，並教以火柴排其字形。母嘗道吾二歲時事，謂一日天未明，而帳中失吾所在，卽起乃見吾已坐椅上，以火柴排字於桌上，並自取糕餅而食，燃燈視之，其上皆遍佈黃螞蟻云。吾父以忙所務，恆傍晚乃歸，故吾幼年讀書，皆母所教。十歲後乃入小學，課程中有手工一種，吾所最苦，母恆代作紙盒等，以當成績。吾十三歲隨父母同去重慶，家住近郊。一日有軍隊欲強住吾家，吾與爭論，諸兵士竟來相劫持不放，而吾母忽至，直牽吾而去，諸兵士皆愕然。此吾幼年事，而記憶猶新者也。

吾年十七往北平就學，時吾父與吾母亦去南京從歐陽大師游。一年半後吾乃由平至南京，而相聚不一月，吾母又隨吾父返川。吾既轉學南京中大，青年心境，煩惱甚重。一日忽覺無以自解，逕函稟父母，謂吾不願久居人世，以抒一時之情，固未慮其言之將使父母憂念也。函發後數十日，而吾母忽抱二齡之六妹由成都至南京。其時未有飛機，由成都至南京，須旱行十日，水行亦約十日，吾母唯以吾之一言，卽跋涉萬里而至，路費皆出於借貸。今吾母病逝蘇州，陸行僅三日可達，而吾竟不克奔喪，吾之罪孽，詎可贖哉。

吾父廸風公於民國十七年，與彭雲生、吳芳吉、劉鑑泉、蒙文通諸先生同創敬業學院於成都，公推吾父任院長，而彭先生實主其事，嘗延吾母負女生訓導之責。彭先生學於成都國學院，篤信中華文教，深慮中國爲赤俄之奴，乃參加以赤俄爲對象最早之國家主義之組織，而敬業學院亦卽爲當時成都勢燄最盛之左傾學生所集矢攻擊之目標。吾父雖不隸政治組織，然喜講人倫大義，更爲左傾者所不容。嘗見吳芳吉與友人書，謂其時之左傾者，竟欲置吾父於死地。吾母乃深爲憂慮，嘗勸吾父謂天下無道，盍歸偕隱。不意吾父先自罹疾逝世，時吾年二十三，大學尚未卒業，妹弟皆幼，而家非素豐，賴借貸爲生者經年。及吾卒業大學，乃得回成都就業，而薪俸微薄不足供妹弟教育費用，歷年半而離家遠行赴京求職。及中日戰起，更還成都，不二年又迫於生事赴重慶陪都任教部編輯事，再一年得重返中大任教，稍得舒息。又二年乃得迎母至渝侍養，不一年以勝利隨校還都，吾又重離膝下矣。

還都後吾初秉南京兩校職，繼又任教無錫，其地有湖水山光之勝，再迎母東下，妹弟亦皆來集，得暫享天倫樂。乃又不及二年，而共黨軍興，南京危在旦夕，復促兩妹及吾妻奉母還鄉。其時吾自顧思想趨向唯心，與共黨唯物之旨勢難相容，於臨別時告吾母曰：兒未嘗爲官吏，亦不隸政黨，唯兒上承父志，必以發揚中華文教爲歸，今世亂方亟，以後行無定所，今有妹等侍養，望勿以兒爲念云云。母答曰：汝必欲與中華文教共存亡乎？則亦任汝之所之矣。後適王淑陶兄約吾與錢先生同赴穗講學，遂得來港。吾母旋命吾妻來港以共患難。其時六妹亦蒞港與胥靈臣君結婚。婚後不半月，一日六妹忽不知何所往，靈臣大怪異。繼得其自大陸來信謂往迎母，六妹亦旋與母偕來。時吾住新亞書院桂林街舊址，所居偪窄，母乃依六妹靈臣同住。而靈臣任民生輪船公司職，勢須返穗就任，母必欲同去，蓋亦知吾其時之困境而不忍相累也。母素多病，每病輒自虞不起。憶母居港時，嘗閱報後謂吾與六妹曰：此間有只用三百元以完喪葬者，若吾旦夕有不測，則三百元足矣。然吾母終以不忍相累，而與六妹同返穗。吾與廷光安兒送至羅湖。念吾之一生，皆衣食於奔走，方得有以慰亂世之親心，又復遠離，臨別依依難忍，然又惡知此度生離，便成死別哉。吾母返大陸後十四年來嘗往返於廣州六妹處及蘇州二妹處數次。而計吾母之一生，亦來往於兒女之間而未遑寧處。余亦屢望母申請來港，以此間醫藥較便，而吾所入亦漸豐，得以甘旨奉養也。然經申請兩次，皆未獲准。前歲國內大饑，米麵亦由此郵寄，而道途悠阻，到時多已霉爛，吾母蓋以此而體氣就衰。而吾所最痛心者，則爲年來所寄藥物，皆必經檢驗，必多日而後能達，吾母亦終以藥物不繼而棄吾長逝。嗚呼，豈天命之謂哉！

五

吾父廸風公任教敬業學院及四川大學時，有遺作數種，又日記十餘册，其中唯孟子大義一種，由父執彭雲生先生印行，列爲敬業學院叢刊，並載於學衡雜誌，今已久絕於世。於吾父逝世之後，彭先生爲吾父作跋語，謂吾父之學簡易直截近象山，堅苦卓絕近二曲。諸父執及與吾父相識者，皆謂吾父性情眞摯坦易，語皆如肺肝中流出。四川宿儒徐子休老先生嘗謂唯吾父爲能篤行。吳芳吉先生嘗謂當世吾川學問之正，吾父爲第一人。而劉鑑泉先生爲父作別傳，則惜先父逝世之年，才四十五，學未大成，乃賫志以歿。而吾之罪大惡極者，即嘗聞吾母言，謂我所學，已足繼父志。乃勇於自表，妄事著述，不知吾母之言乃勵子之語，吾乃竟以是而忘先人之德。吾於吾父之著書，雖嘗函妹弟任繕寫之勞，寄港刊行，竟因循未果。吾父逝世，吾母旣爲遺悲懷詩，又附其與吾父在生時唱和之作，而自抄爲一集。吾亦唯於吾母七十之年，一囑妹弟更重抄寄影印，亦未遂願而罷。年來常得母書，偶附新詩，一喜母之心志未衰，與緻猶昔，健康應可無虞。意俟後年母壽八十之期，再併嚴親所著，合以印行，以承吾母歡。不意以吾罪孽深重，天乃不假之二載，嗚呼痛哉！

吾十餘年來，亦未嘗不常念父母之年不可不知之語，而時喜時懼。亦未嘗不知吾母亦有棄養之日，然終意應先有重聚之期。吾於四年來，薪資所得，月尚有餘。曾以分期付款，購重慶大厦Ｅ２之一樓，初實非經選擇，癡心所寄，唯在迎母侍養，以遂烏私。念重慶乃吾母久居之地，Ｅ２與吾母之呼我之毅兒同音，吾母應樂居於此。又念吾與母相別十餘年來，於學問亦粗有進益，亦欲以知見之所及，上稟於吾母之前，今日則一一皆成虛願。吾固信人生自有死而不亡者存，人間親子兄弟夫婦師友之情之至，皆將歷萬劫而恆貞，然此義今亦不能與吾母面論矣，嗚呼痛哉。吾今日猶可引爲已慰者，唯是見彼靈堂之木主吾父吾母之名並書於其上，可藉玆以想見吾父吾母之靈已重相遇於天上之宮闕。吾果德業更有進，吾親神明鑒察，應無不知。憶吾母遺悲懷詩，懷吾父有句曰：「人天雖暌隔，至誠能感通。」吾父母之誠，當有以感吾之不孝也。嗚呼形骸七尺，百步同歸丘壠，吾今年已五十七矣，不再半生，還當一逝，惟望而今而後，以吾之不孝，能長念母忝爾所生之言，以繼志述事，使於他日與父母重相見時，能無愧怍耳。

日來哀思輾轉，有如循環。常念古人云：毀不滅性。父母生我，欲我生也。而吾生有事在，哀毀之情，往而不返，是耽於哀以爲樂也。耽哀爲樂，是亦罪也。此義吾自知之，而自蹈之。唯念情之不能已者，聖人弗禁，因就其不能自已者，一加追述，藏之篋篋，以待後世之仁人君子，憐而正之。歲在甲辰唐君毅於慈航淨苑草。正月二十四日。

註：本篇節自作者一九六四年三月八日日記。作者生前未發表。——編者

母喪雜記續記（註）

吾母逝世，轉瞬四十日，而哀思仍不克自已，惟賴吾妻廷光面語及二妹四妹五弟六妹來書相慰。而二妹來書，復言其每當中夜，則思母欲發狂，六妹來書又自謂迷路，問我母靈眞在否。吾雖亦馳書相慰，而書成益足增悲。兩妹信中又謂吾母年來每言及吾髮白並得吾滙款時，卽生感傷。實則吾遠居異地，於侍養之事，全未盡心，唯賴妹弟賢孝與母相伴。今吾母逝世，則吾縱積財千萬，亦更不能以一文購甘旨以養吾親。而終吾之生，茫茫天地，亦將求母之音容而不可得矣。

二妹來書，謂已爲母在蘇州靈岩山五龍公墓購地二穴，已於上月十日安葬吾母於其地。暑中並擬將吾父骨灰亦遷葬於此。吾覓得蘇州地圖，見靈岩山在蘇州南，地近太湖。二妹來信亦謂墓地可遙望太湖。吾今欲歸未得，唯時遙想墓地所在，而山川隱約，亦不知所在。每念母今已不得住蘇州十全街與妹弟相伴，而獨長眠於此，輒覺心痛難忍。

近來撿出吾母舊信，母皆親書月日，而年曆則無。母最後一信，爲去年十二月所寄。時母尚未病，信中風趣如昔。母謂夢見一大風車，忽爾崩倒，有青蛙在旁作笑。繼言宇宙不會毀滅，如毀滅則衆生將何所憑依云云。吾得母信對母所言，終不知其確解。唯吾妹來函，謂自吾母逝世，若覺天地變色。而吾近四十日，亦恆覺吾之天地已非昔日之天地。天地固不毀，衆生亦將永在。然吾兄弟姊妹失吾母，將何所憑依？吾母有靈，當有以教我。

二妹來函，言母在入醫院後，初病少愈即囑五弟往理髮，謂吾生日將屆云云，及病重遂不復言此事。唯對二妹自謂其若有不測，吾必悲痛，不宜相告。但又謂吾於學問已有所得，悲痛亦應可已云云。吾母生前原已有見於道，嘗信人生有死而不亡者存。吾亦嘗與吾母言及此義。吾母謂吾學問有所得亦指此。然二妹來信，謂吾母遺容雖微帶笑容，而臨終時亦嘗流淚。則吾母雖自知其慈靈之常在，亦固不忍棄吾兄弟姊妹而去也。則吾今雖信吾母之慈靈之常在，吾之悲痛亦終不能已也。

吾母逝世，設神位於沙田慈航淨苑，吾每週去進香二次，又設母像位於家，以便朝夕供飯禮拜。此四十日中吾除讀佛經與儒書外，他書皆不欲過目。上課亦不欲講儒佛以外之義。尤厭事務上之會議與一般之談話應對。然吾亦常思由情與理之交澈，以眞知死生幽明之際，尚如何加以感通之道，而時有所悟，今亦雜記於此。

世間之思想多有不重死生幽明之際之感通者，即哲學宗教家之信靈魂不滅者亦罕言之。

吾母逝世，友人中有基督教徒、天主教徒，以吾母已息勞人間，魂歸天上，馳函相唁者，斯言亦未嘗不使吾生感。基督教固不同唯物主義自然主義之斷滅論，以人死即一瞑不視，唯留軀殼也。吾亦固信，人之生也，有所自來，則其歿也，亦有所往。骨肉歸於地，魂氣返於天，亦吾華思想中固有之古義。而吾數十年之愼思明辨，亦使吾深信人心與人之精神之非此七尺之軀之所能限。不限於此七尺之軀者，亦不應竟與軀殼共存亡。然吾今復念吾母之靈，果只魂歸天上而已乎？彼基督教徒謂人之靈由天帝之所造，亦天帝之所愛之如己者。則人歿之後，人之靈卽還於天帝之懷，則爲樂固當無極。然彼基督教徒，又有人死不必歸天而入於地獄或煉獄之說。則吾母今又果何在乎？彼基督徒又有人之升天，待其生前先信其教之說。而子孫縱皈依彼教，亦未聞有卽可使父母必得超生之說。則吾今又將何所爲乎？吾又思若吾母已魂歸天國，與彼一一在天之魂靈，皆與天帝之純靈，渾合而無二，如冰之泯釋於水，則吾今縱亦返於天，亦將求母之靈而不得，而吾今之念母之情亦終將無所告語。若吾母魂歸天國，仍在帝左右，唯待千百年後耶穌再降世而皆復活，則在此耶穌未復活之千百年中，吾與吾母，仍天人相隔，無道以通，此皆令我徨惑，而疑情難釋。又有學者告我曰：依基督教義，父母死之後，息勞歸天，乃死者之幸，故生者應爲之樂，而不應生悲。生悲者乃以生者自覺失其怙恃之私情，非爲死者計之公情也。然斯言也，吾亦疑之。吾自驗吾之心，念吾母之喪，吾固不能自免於此失其怙恃之私情。然吾亦非唯有此私情也。吾回念數十年來，種種對吾母未能盡孝之事，輒負疚無已。今吾母逝世，欲求贖過之地而不得，吾是以悲也。此求贖過之地之情，豈爲私情乎？若果然也，則吾對生人求贖過之事，亦爲私情矣。若吾求對吾母贖過非私情，則吾今求此贖過之地而不得之悲，亦非可以私情言之矣。吾未聞信基督者，於此有以釋我之疑，則吾疑彼信基督者於父母死之後，一經彌撒，即足慰情，正證其情之不深不厚，故慰情之道，乃若此之輕而易矣。

吾母逝世，念吾母生前嘗信佛，故爲吾母在慈航淨苑誦經。吾亦淨居其中者十日。佛家初由感生死事大而發心。吾讀中國之高僧傳，又見其多由父母死而後發心出家。佛經中有報父母恩經者，首紀釋迦對白骨而拜，謂此爲其無量刼中之父母。此經復詳言父母恩之無盡，……謂父有慈恩，母有悲恩……。又曰於諸世間，何爲最富？何爲最貧？悲母在堂，名之爲富；悲母不在，名之爲貧；悲母在時，名爲日中；悲母死時，名爲日沒；悲母在時，名爲月明；悲母亡時，名爲闇夜。此諸言皆足令人感泣。佛經又記釋迦成道以後，即赴兜率天爲其母說法。又有地藏王菩薩經者，謂地藏王菩薩，初爲女，而其母以大罪入地獄，乃隨至地獄，後發心成道，即永住地獄，救衆生，爲地藏王菩薩。佛經又有女目蓮爲救母，乃破地獄而入之故事。凡此等等，皆吾昔聞之而生感者。中國之佛教僧侶蓋尤重追薦亡魂之事，以慰爲子女者之心。而彼作追薦之事之僧尼，雖位居三寶之一，亦必爲死者上香作禮，不同彼牧師神父之代表上帝，而更不對死者作禮，尤使吾感刻於心。佛教之追薦，非同彌撒之一日可了，必相繼至七七，以暢生者對死者之情，其意亦至深而至厚。中國素有祠堂，列亡人木主，而中國寺院亦因而設有祖堂。夫人之魂氣，固無不之，不可言只寄托於木主。然人心必有所注念，乃能上通於神明。則木主之設，正所以使人永誌不忘，其義大矣。吾母之木主既設於慈航淨苑，又設像位於家，吾每上香，見香氣氤氳，頓覺宛然吾母之靈來格。吾六妹自吾母逝世初來函，只寥寥數字。唯謂迷路，問母有靈否？並囑寄照片。卽照片寄去，六妹來書謂自得母像，以香燭供奉，乃覺母若在旁。是知祭祀之儀，實足以通幽明之際。而彼有喪禮而無祭禮之教，必率人情日歸於漓薄，亦斷斷然矣。

吾母之喪，承慈航淨苑諸尼，樂果老法師及洗塵法師爲誦經說法，皆各竭其誠，非徒形式。而樂果老法師見吾哀毀過情，乃屢以此將使母靈不安爲我言，慈祥愷悌，見於面目，尤使我感刻銘心。佛教之超薦，意在使死者升西方極樂世界。佛教徒謂彼西方極樂世界：「林池樹鳥，皆衍法音。」吾母在世，嘗爲我言，謂此二語，使人難以忘懷。吾亦信世界無量無邊，凡屬可有，皆應有之，則吾母果得升此世界，長聞林池樹鳥之法音，使吾母德慧日深，則吾又復何求。然吾又聞依佛教之義，有因果業報之說，人死之後，投生何界，隨其造業。淨土之義，要在憑仗佛力，使人得帶業往生。此二義者，不無出入。若謂佛力無邊，並恒以大悲爲懷，則一切衆生，應皆同歸淨土。若謂必生前持名念佛，或經子孫超薦者，乃得往生，則彼未於生前持名念佛者，或未經佛教僧尼爲之誦經超薦者，又如何？而彼超薦之功德之大小，係於僧尼之道行之大小，則業之重者，仍不可挽。而亡人之升西與否，亦非可期必。吾今以超薦之事，託之僧尼，則吾之所以爲吾母盡孝之事，又當如何？佛徒仍未嘗有以詔我。吾乃於此終不知所以自安。又吾復思若吾母果已至西方世界，長聞林池樹鳥所衍之法音，是否尚能聞吾兄弟姊妹憶母之音，是否尚能享吾兄弟姊妹祭奠之誠？果皆不聞不享，吾固無怨。然此亦將同於人天永隔。意者吾母於聞法音之外，亦將聞吾兄弟姊妹憶母之音而來享吾兄弟姊妹祭奠之誠，則除彼僧尼所為之超薦之事外，吾亦更當有所事於吾母，以成此人天幽明之際之感格者在，方足以慰吾之心，而盡吾之情也。

吾於是又思昔先聖賢之教，嘗謂養生不足以當大事，惟送死足以當大事，乃為此人之至痛，立三年之喪之制。大孝終身慕父母，而祭祀之事，無時或已，則七七亦不能限之。夫然而為人子者之肫肫懇懇之情，乃未嘗一息不與若父若祖相離。此其為教，皆所以彰至情而盡至性。而儒者之教尤重生者之所當事於死者之處何在，故祭祖之外，尤重在以繼志述事盡孝。繼志述事之語，初見於中庸，意乃指武王周公之志業。吾因遙想三千載前，當文王既喪，武王周公之悲痛，亦當無極，武王奉文王之木主於軍中，誓師牧野，以伐紂之無道。當此之時，勝敗未知，而武王周公乃冒死難，以求繼文王之遺志遺業。殷紂既亡，武王旋崩，管叔以殷叛，宗周乃又在風雨飄搖中。讀周公鴟鴞之詩，想見其室家之痛。而承文武之業以定八百年之成周之天下者，則周公也。世之以不肖之心視人者，固可謂武王乃奉文王之木主，以為軍中之號召，或謂周公以至成康之世，樂章之頌后稷以至太王王季文王武王之祖德者，不無隱惡揚善，而未必盡實之處。然吾則以為苟當時周室之人，初無孝友之心，則奉文王之木主於軍中果何所用？隱惡揚善，亦孝子慈孫應有之心也。周公既歿，孔子起而其夢魂常繞於周公之側，乃教孝而教仁。孔子以無改於父之道教孝，孟子言孝以養志為先，而中庸有繼志述事之語，後儒乃有孝經之書，以立身揚名，以顯其親，使文德光於天下爲大孝。此乃先聖先賢之教之血脈所貫，而要在使孝子慈孫，於悲痛之餘，更有所事，以成先人之志，而於祭祀之際，告諸先人，以安先人之心。夫人孰無道又孰無志？則先人之事，必皆有可述，而堪爲子孫之當祭者。故繼往開來，光前裕後之業，亦人人所可有。匪特爲士大夫者之能以碑誄祭文對聯，誌其先人之德者，乃可言繼先人之德也。吾於是思吾華之先聖先賢於死生之際，亦固有其依於人之至性至情而立之高明廣大之教在，而爲今之不肖子孫所忽者矣。

當吾思至此，吾乃不能不痛吾華之文教日已衰亡。而衰亡之徵之尤者，則在今人之以繼志述事之言爲慰後人之心者，多已不知其深義之所存，而極其性情之所往，以生誠信。近人多不信鬼神爲實有。秦漢以降之儒者之言，以及近世所輸入之西方之自然主義之論之流行，於此不能辭其咎。既不信鬼神爲實有，初則喪禮漸成虛文，繼則所謂繼志述事，皆只爲無可奈何中自慰其心之語。下此以往，則更有爲文以敍先人之德，鋪張喪葬，非在顯親，而在自顯以揚己名者，此弊至清末民初而極。而後之爲新文化運動者，乃棄喪祭之禮如敝屣。而世俗所流傳之繼志述事之語，其高者亦不過意謂死者已矣更無復餘，生者唯有體其遺志爲己志，理其未竟之業而已。其低者則唯以此言使人心不復寄情於死生幽明之際，而還自沉溺於暫得之生事之中，於死者更無深情厚意之存。而此言乃爲人之苟安自逸，錮蔽自封於塵俗之媒。是則中華文教衰亡之膏肓之疾，未易驟愈，而吸此衰亡文教之流者，於死生之際，乃尚遠不如基督教佛教之鄭重，此則吾於居母喪之際所恒思及，而輒爲之痛心者也。

夫鬼神之爲物，凡眞正爲世立教之聖賢，莫不信爲實有。孔子言祭神如神在，禮記謂在祭祀之際，于死者當如聞其聲，如見其形，洋洋乎如在其上，如在其左右，固不可一念意其不在也。而凡彼純樸敦厚之古代之民，及今之滿街之愚夫愚婦，亦皆未嘗致疑于鬼神。唯文明日進，人之心志，日益馳散于外物，而世俗之智者，又奔逐于名想，封限于曲知小見，乃于世俗感官理智之所不及者，皆視爲虛而無實。此中之曲知小見之言，亦複雜萬端，不可縷理。要之皆原于人情淡薄，失其純樸與敦厚，故于其對死者之一念之誠，不能直下自覺，以深觀其義之所涵。若有能觀者，旋又支離而去，故得其義，旋復失之。夫人于死者一念之誠，乃事死如生，事亡如存之誠也。此念也，人皆可頓然有之，在此念中，死實如生而亡實如存。此時天地雖大，吾將充目而不視，充耳而不聞，唯此一念，耿耿中懸，念念相繼，更無他想，則鬼神之爲德卽洋洋如在其上如在左右矣。此一念中，吾既無我，亦不容謂此一念乃我之私情。而世俗之智，恒生于以耿耿一念未能自持而中斷之隙，乃轉而謂此一念，唯屬于我之私情，于是天地易位，疑難自起，鬼神之爲德，乃隱遁于無形，而化爲一心之虛影。不知此中之轉念，皆由吾之未能順乎性情之正，以通死生幽明之際；而唯由吾人平日沉淪世俗之習氣，膠固于心底，乃必欲挽此一念上達之誠，以下沉于世俗，乃離彼一念之誠中所感之實，而唯堪還就其所遺于心之虛影。浸假而謂彼一念之誠之所實感者，亦初唯是此所遺之虛影耳。顚倒生而魔智成，是所謂天地易位，而疑難自起，宛轉相生，亦答不勝答。此中唯彼大聖大智，能一刀斬斷萬籐，還此一念之誠，如其所如以悟其中所涵之義，乃得順其性情之正，以流行上達，而通此死生幽明之際，乃更爲世間立教。而此立教之要點，亦無賴于辯說，唯賴于以禮樂之行事相示。世間之人，亦正賴習于此中之禮樂，以化其沉淪世俗之習，而自然得順其性情之正，而不惑于魔智。然在中國，則恒賴聖人在位，而後禮樂之行事可興。若在他土，則唯民情敦樸之古代有一大智如摩西、耶穌、釋迦者出，以其一念之誠之相續，爲死生幽明之際，闢大王路，而萬民乃皆得緣之而行。吾以寡慧薄德，而生玆末世，無先聖先賢之禮樂可循，亦徒坐見中華文教之衰亡，與華夏子孫之日錮蔽自封于塵俗而斲喪其性情之正，而唯有痛心而已。

世俗之見之通患，在凡事皆由軀殼起見，不知凡發自人之性情之正者，無不有超軀殼起見者存焉。匪特人之安邦定國移風易俗之聖賢豪傑，忠于眞理之學者，沈酣于藝事之詩人、畫家如是，而家家戶戶父子夫婦兄弟，與一切人與人間之疾病相扶持，有喪相弔唁，與片言隻字之相存問，一念之相關切，皆莫不見人之原自能自拔于其一身之軀殼之外，以昭露其性情。此性情既流行于其一身之軀殼之外，則謂人之云亡，乃唯存此軀殼，更無復餘，卽萬無是理。我本未嘗處處皆爲我一身之計，而自謂我之心志與性情，皆局限于我之此一身之中，而與之共存亡，此妄見也。謂我之心志與性情未嘗局限于此一身，能超此身以彌綸于世界，而謂彼死者之心志與性情，亦如彼遺體之無知而不存，是不甘以妄見視我，而以此妄見視彼死者，則妄見之尤者也。舍妄而存眞，則吾于哀念死者一念之誠中，既自知此念之由明以澈幽，而溢乎吾之軀殼形骸之我，亦當念彼死者之生前之心志與性情之表見，雖逝而未嘗不存，而隨吾之哀念，由幽而還入于明。既信其存而求之上天下地皆不得，此哀之終不可以已。然亦唯此哀不已，而幽明之相澈乃無已。此君子之喪，所以有終身之痛，而死葬之禮之外，必有祭之之禮與人道共終始，將不與君子之親之靈之升天升西而息者也。是則吾華聖教之精義入神之所在，而今亡矣。

吾華聖教，鄭重于喪祭之事，而喪祭之事亦初不限于所親。孔子之死，弟子心喪三年，子貢廬墓者三年。聖賢、忠烈、鄉賢、貞節，皆有其廟宇，而祭祀以時，以通幽明之際，以安鬼神之心，而厚民德，此實大不同于夷俗。而其特重親之喪祭者，則義亦有在。而此義之所在，亦自平常而至深遠。蓋人縱自私之極，亦無不愛其子女，而人能愛其子女，已見人之心志性情，非其一己之軀殼所能限。而以子女視父母，則父母之生我、鞠我、拊我、畜我、長我育我、顧我覆我，出入覆我，其恩皆如昊天之罔極。此罔極之言，乃爲子女者之內在感受言，而非自外比觀而說。彼自外比觀者，謂父母不如天地之大與上帝之尊，此乃人之心念，先自冒出于父母之外，方有此比觀。此非孝子之存心，而正爲人道之所以廢也。夫孝子之存心，乃自處于父母顧育鞠覆之下，而感顧育鞠覆之恩之恒先及于我，而我方繼知有以報之。以繼追先，終不能及，而父母之恩乃皆爲無窮，而同于昊天之罔極。此中不容八之心念，冒出于父母之外以自外比觀。既冒出而比觀，亦還當知此比觀之不當有，而自歛其心。此孔子之所以言仁人之事親如事天，而不同于彼西方之教之只知事天如事親者，或以事天冒于事親之上者也。夫彼言事天如事親而稱天爲父者，亦唯賴于人初咸有其事親之誠，乃移此而就彼。既移此而就彼，更黜其事親之情，則又自掘其根本，而事天如事親亦爲虛言。其事天者亦個人求福，翼一身之升天耳。唯中華先聖之教，既言事天如事親，而又言事親如事天。極其事親如事天之心，而父母之恩乃與天共無極，更不于此分別大小。故王船山先生謂乾坤大，而父母亦不小，而孝子之親其親，亦無不德與天齊。推而論之，則孔子之弟子視孔子，亦德與天齊。而凡人之對于所敬之聖賢忠烈鄉賢貞節，在人一念思其鬼神之爲德洋洋乎如在其上如在其左右時，其德亦皆無不與天齊。唯皆思其德與天齊，而不見有大小，方見人之性情之忠厚之至。是非彼恃智比觀于此妄作分別之教之所能及者也。

然孝子之事親如事天，視親恩如昊天之罔極，以祭祀致其誠敬，亦非謂徒終身匍匐靈前，卽足以徹幽明之際也。蓋人之所以報罔極之親恩之道，惟賴于養志。憶當吾母尙在之日，吾于吾弟妹，固亦常念之，然于諸弟妹之子女，則罕在念中。自吾母之逝，吾念吾母之愛子孫之心，乃頓念及凡吾弟妹之子女，皆吾母之骨血。而吾于吾之弟妹，亦更增骨肉之情。吾乃自念，若我今能以餘生多有所裨益于吾之弟妹及其子女，皆所以補我終身之痛，以安吾母在天之靈者。然吾復思，吾所以對吾母繼志述事者，卽如斯而已乎?憶吾妹來函謂，當吾母病危之晨，吾母忽言吾已逝之表姊來相見。遙想當吾母之逝，吾母固念吾兄弟姊妹，然亦必念及吾父與吾母之所親，如吾之外祖父母與諸舅姑表姪等。今吾母既逝，應皆已相遇于幽冥。而其遇之際其情何若，則窮極吾之所思，亦終不能及。吾乃又徨惑悲痛，念彼幽冥，終無路以通而泣。然吾又思以吾之不肖，尚能念及吾之父母，則吾母有靈，亦當念及彼外祖父母之父母……，此中代代先靈之次第相追念而重相遇之情狀，又何若？亦非吾之所知。因思彼幽冥之世界中，有吾母之所親焉，有吾父之所親焉，而其所親又各有其所親，則全人類之幽靈之相追念而重相遇，當如交光之互映，若有界別而實無限別。而此交光互映若有界別而無界別之情狀，果爲何若，更非吾之所知。吾思至此，頓感此幽冥綿邈，吾心更將迷途失所。然吾終幸有一念不泯，頓悟此幽冥綿邈，亦原如此所見之廣宇悠宙之綿邈，原非所能盡知。試思此卽在吾之目前之吾妻吾女吾友吾學生，其心中有我在，吾知之，然其心中之我之狀如何，亦非吾之所知也。是見卽此眼前人之相遇相知之狀，亦未嘗不茫茫昧昧，如在幽冥，而非知之所能極。然此眼前人之相遇相知之狀，雖非知之所能極，吾仍能信此中有相遇相知之事在。則吾之不能極彼綿邈之幽冥，固不礙吾之信其中有相追而重相遇之事在，亦不礙吾之當有所以繼彼諸在天之靈之志之事在也。然吾又念，吾將如何繼彼自有人類以來之無數之先靈之志，此復非我之所知。吾更念匪特人類有其心未遂之志，而人類外之衆生，亦莫不有其未遂之志。而此一一之志，就其不同而言，亦千差萬別，而同歸于不可思議。則吾將如何而皆繼之？吾苟不知所以皆繼之，而更不求繼之，則吾又何能獨繼吾母之志？吾母之志之所在卽吾母之心之所在，而吾母之心中，固有吾之外祖父母在，則吾母之志中，亦有繼外祖父母之志在。是則依理而推，人之志志必相涵攝，而重重無盡。而吾亦終不能自安于只求獨繼吾母之志也。循理而思，吾既不能獨繼吾母之志，而吾又不知將如何得遍繼彼無數之人類衆生未遂之種種差別志。吾乃動大徨惑。吾以藐爾七尺之軀，寄形于百年之內，卽吾一人之抱負，尚非吾之一生之力所能自達，遑言繼彼無數之人類衆生之志乎？

吾居母喪，恒念人間旣有至情，亦當有至理。悲痛之餘，亦恒棲神玄遠，遐思所及，恒不極不返。上來所疑，吾思之而重思之，終乃重證昔年所思一切人類衆生，皆唯有一眞志，此實人同此心衆生同此理。此眞志，皆是以己之生成他之生，故充此眞志之量，則必由親及疏，由近及遠，至于攝天地萬物于一己之生，以相潤澤感通而後已。故儒之聖人以天地萬物爲一體，佛菩薩必攝有情爲自體，而上帝亦必以遍愛萬物爲心。而一切人與衆生之內在之眞志，亦實莫不同然。故聖人與我同類，心佛衆生三無差別，而上帝之德皆人與衆生遂其眞志時之所同具，固無虛懸于上之上帝也。吾因澈悟吾今果欲繼人類衆生之志，唯賴于吾之能繼彼聖賢佛祖與上帝之志，亦唯賴于吾之自呈吾之此眞志。此眞志亦吾母之眞志，一切吾之若祖若宗之靈之眞志。唯此眞志爲無量差別之人類衆生與千聖，其心無二無別之所在。此眞志之在我，若屬我之一人，而其所涵攝者，則實周遍法界通貫宇宙而無遺。此眞志一朝全幅披露，其光明亦必遍照，亦必極彼幽冥之綿邈，而無遠弗屆。是則非待吾人之發心作聖作佛，而成聖成佛，此眞志亦終不能全幅披露，而以道濟天下，利樂有情于無彊之未來世也。斯義也，乃至理之所必歸，而人充其性情之量者之所必赴，此吾之所深信而不疑。吾所惶愧者，唯是自顧卑汚凡俗罪孽深重，望千里之迢迢，將萬刼而不達。而今而後，唯有懺悔平生，自求補過，並祈彼千聖之靈，啓我眞志，亦使我堪繼吾母之眞志，而報吾母罔極之深恩。此續記亦藏之篋篋，以待後世之仁人君子，憐而正之。六十四年四月六日——八日君毅草記

註：本篇爲手稿，作者生前未發表。——編者

目疾中札記及其他（註）

病中念佛家五眼，忘法眼，後乃憶及。

西方人之優點可以敬業樂羣概之。

西方之制度之 Impersonal，可塞怨望。

西方人到中國多變壞。中國人亦可因學西方而變壞，好處與好處相銷。學新步未得，忘故步而成退步。如中國人之謙退，學西方進取成奔競。西方人之直爽，學中國人之謙退成虛僞。

念身體內部機構之默默工作，而心嘗忽之，實則此亦可感。

病中對人之些微之幫助，皆知感激。

病中寫信，我口說，內子記，再讀，再改，須四步工夫。可知二人合力所爲之事，未必高於一人。

興、觀、感、念。興是心志忽然自起，觀如孔子觀水、易之觀卦、明道之靜觀萬物。由觀人而興成讚歎。孔子有九思。華嚴經有登山臨水當念衆生一節。

人在圓圈中跑步，多跑一圈者反爲在後。哲學見解亦如是。

印度宗教以「不能阻生命投胎之權利」反對節育。天主教以不能違自然反對節育。中國儒家以生育子孫乃爲承宗祀，非以多子孫本身爲貴。

西方人送別言 Good luck，中國人送別言平安順風。前者就事說；後者平安就心說，順風就身說。

西方人之 Yes, No, 對事之是非說；中國人說「是」，是對人之首肯，「非」是對人不首肯。中國人與人相見，說「久仰」，是就自己說；西方人之 How do you do 是就對方說。

Goodrich 丨文中說，中國人之 Sensual life，一切茶、雅片皆在床上。但自精神生活說，中國古昔床簾上可掛八仙過海之圖。室中有觀音，堂中有神仙，書齋亦在家。宗教文化皆切就於人之生命。西方人赴教堂、學校，乃以生命就宗教文化。西方火爐在室旁，中國人則烘爐隨手。

月缺時多，滿月全圓只一剎那，喻道之爲聖人所見，於缺月時知有滿月在，卽於形下見形上。

如物質之量同，東方人皆較善運用。

人一生之行事，可以一言表之。岳武穆之母以針刺「精忠報國」四字於武穆背上，而岳之一生行事，卽無異以其有此四字之身爲筆，而書寫於天地間者也。

於邏輯上可能者，當知是否能作出之問題。如一角分成三等角，一圓之面積等於已知之方形，皆邏輯上可能而卻不能作出。

吾人之自然生命如頑鐵，須化之爲磁鐵，遇其他鐵皆能吸引，其間有如 Affinity。

賈誼：「其生若浮，其死若休。」程明道：「堯舜事業何異浮雲過太虛。」

論語，弟子稱孔子爲夫子，以長者爲先生。師如大師、師冕，爲樂隊主持人。樂官主教育。周禮：「師以賢得名。」師爲得衆義。孔子：「三人行必有我師。」孟子：「聖人爲百世師。」荀子重師法，是衆人之範。此與西方之 Teacher 於對所教學生言者不同。

昔日之師生皆自己選擇，有如今之婚姻。今日之師生則由學校決定，如昔日憑父母之命媒妁之言之婚姻。

學哲學之進程：第一年學習名詞術語及哲學問題，引起學習之興趣；第二至三年讀哲學史；重記憶與理解，如下棋知棋名與位置之別。第三至四年，對問題可能有之答案之試探與討論，如知棋子之種種走法。在研究院時，對一家派一問題之總論，應有系統的了解、解釋及評價。

哲學家應能總見諸家派諸問題以成一家，如造一道路，如造一城。再進爲隨處卽事見理，如旅行多城皆如已城。哲學上之體證，又如因地勢處處築城。

人讀書而無問題及需要，卽無所得，如街上有百物，而行人心中無所欲購之物，則無所見，亦歸而無所得。

學問須一刀直入，再旋轉旁通。此要在其有志，如孔子之憤悱。

中國境界高之書，須乘直升機直達。西哲境界高之書，如一環山之馬路，須有耐力繞之而上。讀境界高之書，如心力不能直達而求了解，譬如在地上測高山之投影。

泰山之頂峯，太湖之湖心，人不必能去，更不必常去，但宜一去，亦須先信其有。

愛好生注意，如親人在人羣中，一望卽見。

學問之以雜取爲事者，如鷄之啄食。只能讀已整理之書或易解之書者，如飼猪之物，皆易消化。能分析而見滋味者，如狗之嚙骨。能多誦讀而自然消化而有創見者，如馬之食乾草而善走。多讀而隨時擇要而反省咀嚼者，如牛之反芻而耐勞。

「天何言哉！」「知我者其天乎！」「朝聞道夕死可矣！」「子絕四：毋意、毋必、毋固、毋我。」「空空如也。」「鳥獸不可以同羣，吾非斯人之徒歟而誰歟！」——卽此可見孔子。

「天雨義人亦雨不義人。」「誰能自念無罪。」「天國在人心。」「天國近了，快悔改。」——卽此可見耶穌。

「我不入地獄，誰入地獄？」「說法四十九年，未說一字。」「一切法皆佛法。」——卽此可見釋迦。

一般之理解之邏輯，分別個體、特殊、普遍，分肯定、否定，主、賓辭。文學以個體特殊表普遍，以非烘託是，恒以賓辭代主辭。道德實現普遍於特殊個體，以非非顯是，以主之行爲攝賓。

學問有問題有爭端，須苦思奮鬭如兩軍相戰，殺出一條血路。有時二說互於心如兩軍相戰，心地須不動。如心地震動則如地震，而兩軍皆陷入地中，無勝敗可言，無血路可出矣。

學問之進步如二重之葫蘆，入口小而內寬。然入口後有種種可能歧出之路。倘人能碰葫蘆之壁，再沿壁而進，始更可再進一重。

義理之相發明，如一燈之明足他照，而不能自照，再燃一燈則二燈俱明。

義理之相連而俱成俱敗，如圍棋中一棋子之死活可致全盤棋之死活。

有書如點名簿，有書如賬簿加總結，有書如棋譜。

宋人有憫其苗之不長者，爲單指一事之命題，揠苗助長可爲一普遍原則；以人力勉強自然，爲一更高之普遍原則。數點梅花天地心，爲於特殊見普遍原則。

釋迦「唯我獨尊」，耶穌自言是上帝化身。而彼二人不能更有所崇拜皈依。孔子則爲人所崇敬，且孔子更能崇敬賢聖。

釋迦之悲憫衆生之生老病死苦，乃第一序之普遍情感。耶穌之對痲瘋病人亦然。但耶穌教人寬恕罪人，自反省原罪，則是對其初之恨惡罪人之情轉進而生之情，爲二序。孔子食於有喪者之側未嘗飽，乃對有喪者之哀情之情，乃第二序。對遷善改過好學者與由此而成之賢哲之尊禮讚頌之情，皆第二序。

耶穌能寬恕人而不信人有自我改悔改過之力，故有對助人改悔之上帝之讚頌，而無對遷善改過好學及由此所成之賢哲及對一切有忠孝節義等德行之人之尊禮讚頌。

戰國之宋人，仁而富理想，多迂濶。宋襄公與目夷之讓國，戰場上不擒二毛，向戌弭兵，宋牼非攻等是。

孔子多稱文王，罕稱武王，夢周公乃尊其文制，非只從周。損益於三代之行夏之時，取其農曆；乘殷之輅，取其交通；服周之冕，取其禮。樂則韶武，取其樂。韶盡美盡善，武盡美，未盡善。

後之禮記，虞夏之文不勝其質，殷周之道不勝其敝。三年之喪可能爲殷制。孔子少孤，不知其父墓何在，自念爲東西南北之人而有墳。由其參加人之喪禮而未嘗飽，乃主復此三年之喪。

孔子言先進於禮樂，後進於禮樂，用之從先進，人而不仁如禮何、如樂何，蓋欲以質救文。於人文二字，重人過於文。

孔子教人爲士，士在貴族平民內。曰士志於道。士無定居，故云：懷居不可爲士。

儒者之公義不外修己治人。天道生化、人道裁成，此卽創造意識。德以仁孝爲本，士以尚志爲先，自任重，三軍可奪帥，匹夫不可奪志，此卽人格意識。德見於文教風俗，承先啓後，此卽人文意識。儒者知天命修德，此卽宇宙意識：時有治亂興亡，事有得失成敗，遇有吉凶禍福，位有富貴貧賤，運有否泰窮通，體有疾病康寧，身有少壯老死，情有喜怒哀樂，行有視聽言動，而無往非修德之地。

論語「天何言哉」，禮記哀公問「天有四時」，易傳「天下何思何慮」，此乃孔子語之不同記載。

論語「祭神如神在」，中庸引孔子「鬼神之爲德」，論語記顏淵不貳過，與易傳云「顏子有不善未嘗不知」一段，論語「不知命，無以爲君子」，中庸「素富貴行乎富貴」，皆孔子一時語之不同記載。

論語「己所不欲，勿施於人」，中庸有「絜矩之道」。論語「民可使由之，不可使知之」，孟子「行之而不著焉，習矣而不察焉，終身由之而不知其道者衆也」，易傳「百姓日用而不知」，論語「觀過斯知仁矣」，與禮記「與仁同功，其仁未可知也，與仁同過然其仁可知」，此皆同類語。

君子素富貴行乎富貴，素貧賤行乎貧賤。素者質義。君子富貴而心中無富貴，君子貧賤而心無貧賤。故貧賤未嘗失位，而其心則富有天下。君子雖富貴而恒若貧賤，雖貧賤而未嘗不富貴。

周秦兩漢宋明及清儒有分別：周秦儒帶原始性與開創性，正面樹立理想，此如孟子闢異端，荀子解蔽。漢儒措之於政治社會教育之綱紀之確立，通經致用，對歷史古籍珍重。宋明儒或疑經，講修養，重去人欲，於政治上重君子小人之辨，去僞存誠，反反以成正，可爲反省的復興。清儒去華就樸，講訓詁考據，重實際事功，歸於變法革命。今日吾人講儒學，當重其成就一切宗教與人格世界及人文世界方面。

論語第一章學而時習之。學有效、覺義。孟子重覺，荀子重效。漢儒重效，宋儒重覺。何晏皇侃疏「時習」，其身中時、年中時、日中時之分別太繁，一般之時義又太泛。朱子註「當其時，習所學」。學博學於文是學，約之以禮而以恭敬心行其所當行，是「時習」。

時習之習，非「習相遠」之習氣。習氣當去。

悅之關鍵在兼學與習。衆人習而不學，習而不察，學者或學而不習。學不厭是學，教不倦是習。好直好剛不好學，只存舊習。

「有朋自遠方來」，皇疏同門爲朋，太狹。劉寶楠論語正義解爲友生，亦可。但原文朋有相從義。朱注同類曰朋。所謂同聲相應，同氣相求。

何以言有朋自遠方來?近者悅則遠者來。德不孤，必有鄰。遠方異地之友來見，師友地異而道同。同道之友非以術相交、互相利用以遂其欲者。君子樂得其道，小人樂得其欲。友有互相遂欲者，有習同、興趣合者，有同道相勉者。

人不知而不慍，卽莫病人之不己知，患不知人也。知我者其天乎?

墨子必求人知，老莊不求人知。儒家求人相知，故有朋，但不被知亦不慍。

註：本篇各條皆摘鈔自作者遺下之筆記，標題爲編者加。約寫於一九六七年。——編者

哲思斷片(註)

(一)中國之格言，本爲道德教訓，但若因之而引成互相責備，只見人錯，就有危機，此爲一倫理之顚倒。要補救此弊，當使人利用格言去自我反省，不要去責備他人。

(二)人眼或可以看到百里以外的東西，但卻看不到自己的睫毛。人每喜向外求，但卻忘記了人自身的問題。其實哲學談知識論、形而上學，往往忘記了人的問題才是哲學之根本。

(三)人生的缺陷不能免，人不一定能改造它，但人能承擔它。

(四)人對缺陷可有感歎，這感歎本身是一個善。所以自然界的缺陷，每引起人之善。

(五)人類的文化創造，乃補自然界之缺陷。自然界不足之處，人來補足。如不美之處，人可掛一些畫，以補其不美；於是就有藝術產生，由此而有文化產生。

(六)懶惰是人不發展人性，而保留在動物性、植物性、物理性的層面。動物性有感官之欲，求滿足一己之私；植物性則是不自覺的昏沉，使人有醒時的睡眠；物理性則是完全服從物理律，如地心吸力。植物與動物在生之時，能反抗地心吸力而向上長或到處去，及其死，就完全順物理律，順無生物之性。人順物理性，就求不動，求下，不向生處走。這三種性會合起來反抗人性。人性包括理性、良心、理解力、同情等，人要主動能發揮人性。人如不自覺，只是不動地讓記憶走來走去，不去組織之，則心靈是被動的，此時人與動物無別。動物也有記憶，但不自覺，不用理性去組織。人性表現若爲這些性壓下，則人一切創造活動都沒有了，這就是懶惰。反抗懶惰之法，就是主動地自覺，並發揮人性各方面之潛能。

（七）人之所以會懶惰，就是人滿足於目前之現實，知道可以改變而不去改變，有意地如此，就是懶惰。這是連著人心意的，心意自願受動物性、植物性及物理性主宰，若如此，則是一罪惡。故懶惰之罪惡不由動物性或植物性來承擔，卻要由人心靈負責，由人自己來負責。

（八）松柏能不斷向上生長，表現出其反抗物理性之生命力。竹亦如是，向上畢直生長，向下墮之地心吸力反抗。故中國人喜歡這兩種植物。又梅花與蘭花，能在秋冬寒冷之際，保持其顏色形狀，表現出生命力向自然氣候之反抗，故中國人亦愛這些花。

（一九八一年二月「華僑日報・人文雙週刊」）

註：本篇各條爲學生聽講時記錄，未經作者本人過目。——編者

索引

索引說明：

一　索引區分爲二部分：㈠人名索引，㈡內容索引。另附外文人名中譯對照表。

二　內容索引以名詞概念單位，同一名詞下無特別說明者，僅標明其頁數；有特別說明者，該名詞概念用～符號代替。

三　索引以筆劃多少爲序，外文人名中譯對照表順英文字母爲序。

四　索引中所標示的頁數，卽本書每頁兩旁的頁數。

五　本索引編製人楊劍豐。

（一）人名索引

三劃

四劃

五劃

六劃

七　劃

八　劃

九　劃

十劃

十一劃

十二劃

十三劃

十四劃

十五劃

(二) 內容索引

二劃

三劃

四　劃

五　劃

六　劃

七　劃

八劃

九劃

十劃

十一劃

十二劃

十三劃

十四劃

十五劃

十六劃

十八劃

十九劃

二十三劃

二十四劃

外文人名中譯對照表

Dewey, J.	杜威
Fichte, J. G.	菲希特
Goethe, J. W. Von.	歌德
Hegel, G. W. F.	黑格爾
Jesus Christ	耶穌
Moses	摩西
Tagore	泰戈爾（太）

國家圖書館出版品預行編目資料

人生隨筆

唐君毅著. – 校訂一版. – 臺北市：臺灣學生，2014.04 印刷
面；公分（唐君毅全集；卷 3 之 4）
含索引

ISBN 978-957-15-1464-2（平裝）

855 98008011

唐君毅全集 卷三之四
人生隨筆（全一冊）

著作者：唐君毅
出版者：臺灣學生書局有限公司
發行人：楊雲龍
發行所：臺灣學生書局有限公司
臺北市和平東路一段七五巷一一號
郵政劃撥戶：○○○二四六六八號
電話：（○二）二三九二八一八五
傳真：（○二）二三九二八一○五
E-mail: student.book@msa.hinet.net
http://www.studentbook.com.tw
本書局登記證字號：行政院新聞局局版北市業字第玖捌壹號
印刷所：長欣印刷企業社
新北市中和區永和路三六三巷四二號
電話：（○二）二二二六八八五三

定價：新臺幣一八○元

西元一九九三年九月初版
西元二○一四年四月全集校訂版二刷

84815

ISBN 978-957-15-1464-2 (平裝)